# 抗疫·最强音

KANGYI · ZUIQIANGYIN





3 月 10 日上午，中共中央总书记、国家主席、中央军委主席习近平乘飞机抵达湖北省武汉市，考察湖北和武汉新冠肺炎疫情防控工作，看望慰问奋战在一线的广大医务工作者、解放军指战员、社区工作者、公安干警、基层干部、下沉干部、志愿者和患者群众、社区居民。他强调，经过艰苦努力，湖北和武汉疫情防控形势发生积极向好变化，取得阶段性重要成果，但疫情防控任务依然艰巨繁重。越是在这个时候，越是要保持头脑清醒，越是要慎终如始，越是要再接再厉、善作善成，继续把疫情防控作为当前头等大事和最重要的工作，不麻痹、不厌战、不松劲，毫不放松抓紧抓实抓细各项防控工作，坚决打赢湖北保卫战、武汉保卫战。

2019

曹宣 陆红宝 张玲 阚平 孙红 張宏峰

董珍峰 唐钢 王琭 郭华 魏晓玲 申红

薛倩 张娴 吴廷康 鲁建光 谷非 [illegible]

2011-10-? 王岩 [illegible] [illegible] 吴子佳 张昊 肖春慧

何英楠 [illegible]铁成 姜宇 陈航 谭雪 王曼

刘孟欣 梁晓凡 [illegible] 康蕾 张宇 安仁翊

No.01

第1封信 2月3日

No.02

第2封信 2月4日

1.5 武汉市卫健委称排除流感、禽流感、腺病毒、传染性非典型性肺炎和中东呼吸综合征等

世界卫生组织首次就中国武汉出现的不明原因肺炎病例进行通报

1.6 国家疾控中心内部启动二级应急响应

武汉市“两会”开幕，武汉市卫健委当日无通报

1.7 习近平对疫情防控工作提出要求

武汉市召开“两会”，武汉市卫健委当日无通报

国家疾控中心成功分离首株新冠病毒毒株

1.8 国家卫健委专家组确认新冠病毒为疫情病原；武汉市卫健委当日无通报

1.9 中方向世界卫生组织通报疫情信息，将武汉不明原因的病毒性肺炎疫情病原学鉴定取得的初步进展分享给世界卫生组织

武汉出现首例新冠肺炎死亡病例；武汉市卫健委当日无通报

1.10 每年一度的春运开始；武汉市“两会”闭幕；武汉市卫健委当日无通报

中国疾控中心将新型冠状病毒核酸检测引物探针序列信息通报世界卫生组织

1.11 国家疾控中心向武汉提供 PCR 检测试剂

武汉市卫健委发布关于不明原因的病毒性肺炎的情况通报

1.12 武汉市卫健委当日通报无新增确诊，首次将“不明原因的病毒性肺炎”更名为“新型冠状病毒感染的肺炎”

国家卫健委与世界卫生组织分享新冠病毒基因序列信息，在全球流感共享数据库（GISAID）发布

1.13 武汉市卫健委当日通报市内无新增确诊，泰国新增一例确诊

1.14 国家卫健委召开全国电视电话会议，部署疫情防控工作

武汉市卫健委通报无新增确诊，称尚未发现明显人传人，不排除有限人传人

1.15 国家卫健委发布第一版诊疗方案、防控方案

1.16 武汉市卫健委称截至1月15日24时，累计确诊41例

1.17 国家卫健委派出7个督导组赴地方指导疫情防控工作

1.18 国家卫健委发布第二版诊疗方案

武汉市卫健委当日通报4例新增确诊病例

武汉百步亭社区“万家宴”开席

国家卫健委组织以钟南山为组长的国家医疗与防控高级别专家组赶至武汉实地考察疫情防控工作

1.19 武汉市卫健委称部分病例没有华南海鲜批发市场接触史

国家卫健委向各地发放核酸检测试剂

武汉市卫健委当日通报17例新增确诊病例

1.20 习近平对新型冠状病毒感染的肺炎疫情做出重要指示

国务院总理李克强主持召开国务院常务会议，进一步部署新型冠状病毒感染的肺炎疫情防控工作

钟南山院士明确表示新冠病毒“人传人”现象

……发布各省新增病例数量

乙梓鑫 王子 夏慧燕 曹强平 [illegible] [illegible]

陈思宇 车琛 曹玲洁 蔡巧钧 陈欢 陈绍浩

曹海运 [illegible] 李安 [illegible] 翟英丽 [illegible]

姚瑶 尹楠 刘燕[illegible] 吴川 杜金宇 初同兴

刘翔 牛晶 马素青 林琳 [illegible] [illegible]

方修文 程爽 [illegible] 蒋珂 [illegible]

陈宇 陈艺媛 何健源 范小娜 [illegible]

范萌 付瑶 姜福文 高晓蕾 [illegible] [illegible]

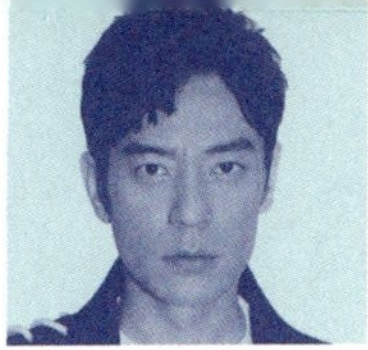

**No.03**

第3封信 2月5日

**No.04**

第4封信 2月6日

**No.05**

第5封信 2月7日

**No.06**

第6封信 2月10日

**No.07**

第7封信 2月11日

国务院将新冠肺炎纳入传染病法和卫生检疫法管理.

1.21 国内天津、浙江等10个省市确诊首例病例

武汉15例医护人员感染

国内开展疫情应急科研攻关，钟南山任组长

1.22 国家卫健委发布第三版诊疗方案；武汉要求全市在公共场所佩戴口罩

国务院新闻办公室召开新闻发布会，介绍新冠肺炎疫情和防控工作情况，原则上建议外面人不要到武汉，武汉市民无特殊情况不要出武汉

海南、贵州等11个省市和香港、澳门特别行政区确诊首例病例

湖北启动突发公共卫生事件二级应急响应

1.23 武汉疫情防控指挥部发布1号通告，武汉封城；火神山医院开工建设

黑龙江等5省市确诊首例病例；河北出现湖北省以外首例死亡病例

浙江、广东、湖南启动重大突发公共卫生事件一级响应

1.24 全国累计确诊病例超过1000人，青海省确诊首例病例

上海、广东派出第一批医疗队赶赴武汉

湖北启动重大突发公共卫生事件一级响应

北京中日友好医院、中国医学科学院、武汉金银潭医院等研究团队在英国《柳叶刀》杂志发表《武汉地区的新型冠状病毒感染者临床特征分析》

1.25 习近平主持召开中共中央政治局常务委员会会议，对加强疫情防控做出了全面部署，决定党中央成立应对疫情工作领导小组

江苏、海南、新疆等地启动重大突发公共卫生事件一级响应

1.26 全国累计确诊病例超过2000人

雷神山医院开工建设

中国疾控中心称病毒来源于华南海鲜批发市场销售的野生动物

中央应对疫情工作领导小组要求各地成立应对疫情工作领导小组

国家发改委紧急下达中央预算内投资3亿元支持湖北

国家卫健委称新冠病毒潜伏期最长14天且具有传染性

1.27 习近平做出重要指示，要求激励引导广大党员、干部在危难时刻挺身而出、英勇奋斗、扎实工作，经受住考验，紧紧依靠人民群众坚决打赢疫情防控阻击战

国务院总理李克强赴武汉考察指导疫情防控工作

国家卫健委发布第四版诊疗方案

国务院办公厅表示2020年春节假期延长至2月2日

1.28 全国累计确诊病例超过5000人，超过非典确诊人数

中国医学科学院称蝙蝠是病毒起源

央企直接捐款近6亿元

疫情救治费用个人负担部分由财政给予补助

世界卫生组织称新型冠状病毒疫情对全球构成高风险

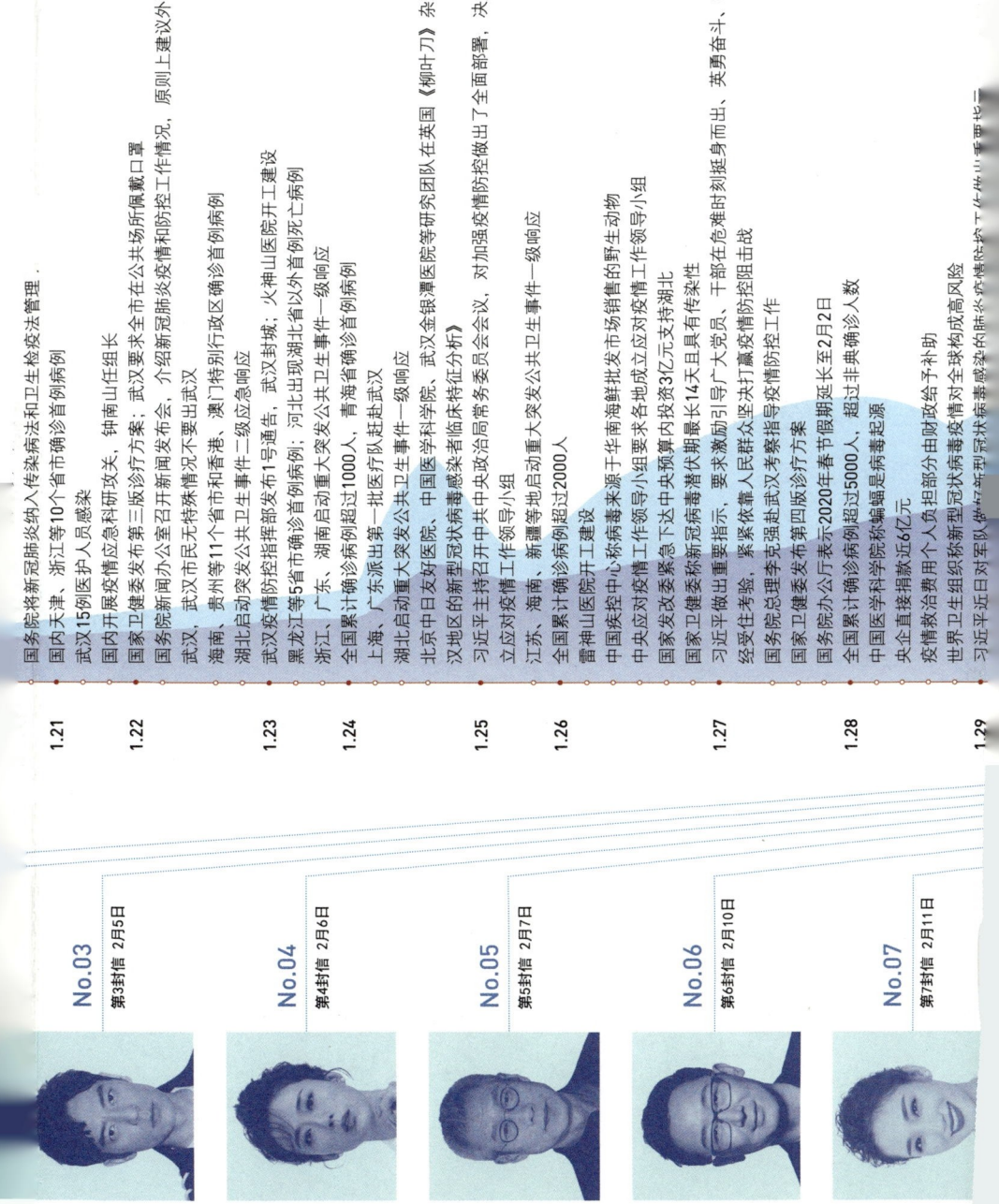

1.29 习近平近日对军队做好新型冠状病毒感染的肺炎疫情防控工作做出重要指示

[illegible] [illegible] [illegible] 崔光辉 郭思敏

郭峰 郑锐 胡小石 蒋毅 金鸿 解丹妮

康婕 康宏 [illegible] 蔡斌 林长冬 李芯

李思 李苹 ~~李金峰~~ 黄焕婷 李吉祥 李金玲

李文涛 李艳琴 李华钱 李星录 李一娜 李运华

梁璐 梁伟 林鹏 林旋媛 刘亚堃 秦赫名

刘文艳 刘冰丹 刘建华 路晨宇 毛吉庆

刘彬 刘子豪 鲁艳秋 马宗瑞 毛楠 孟祥宇

苗月 潘宁凝 施轻霞 彭琪 曲艺 齐芳芳

[illegible] [illegible] 戈博 任博 曲亚楠 邱枫

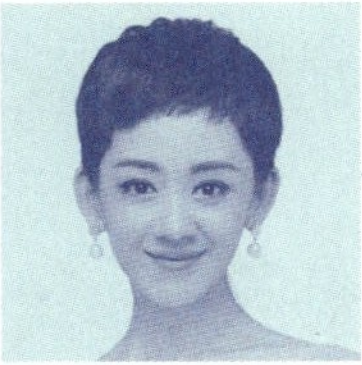

No.08

第8封信 2月12日

No.09

第9封信 2月13日

No.10

第10封信 2月14日

No.11

第11封信 2月17日

No.12

第12封信 2月18日

中组部表示在疫情防控阻击战一线考察识别领导班子和领导干部
国务院称地方不得以任何名义截留调用重点医疗应急防控物资
1.30 国务院办公厅要求迅速组织本地区防疫物资相关企业复工复产
黄冈市卫建委主任被免职
1.31 全国累计确诊病例超过1万人，武汉共收到社会捐款25.86亿元
世界卫生组织将新冠病毒疫情列为国际关注的突发公共卫生事件
中央决定派民航包机接滞留海外的湖北公民回家
多地市民抢购双黄连
2.1 湖北各级公安政工部门全面启动战时奖励机制
湖北医护人员在防疫过程中感染新冠肺炎认定为工伤
李兰娟院士带队出发驰援武汉
湖北省外新增确诊病例首次下降
中国红十字会总会派工作组赴武汉
2.2 湖北将集中隔离所有疑似病例
中部战区成立驻鄂部队抗击疫情运力支援队； 空军携大批人员和物资驰援武汉
火神山医院正式交付
2.3 习近平主持召开中共中央政治局常务委员会会议，研究加强新型冠状病毒感染的肺炎疫情防控工作
全国累计确诊病例超过2万人
武汉建设“方舱医院”用于收治轻症患者
武汉金银潭医院首批中医药或中西医结合治疗患者出院
2.4 首批患者运转火神山医院
中央明确再增加2000名医护人员支援湖北
湖北纪委监委通报湖北省红十字会有关领导和干部失职失责问题
2.5 武汉协和医院被感染的14名医护人员全部出院
国家卫健委发布第五版诊疗方案
武汉方舱医院收治第一批患者
2.6 全国累计确诊病例超过3万人
湖北省给与张定宇和张继先记大功奖励
2.7 国务院联防联控机制印发《关于进一步强化责任落实做好防治工作的通知》，国家卫生健康委发布《新型冠状病毒感染肺炎防控方案（第四版）》
2.8 王贺胜调任湖北省委常委；陈一新担任中央指导组副组长
雷神山医院交付使用
2.9 全国累计确诊病例超过4万人
国务院总理李克强应约同德国总理默克尔通电话，就新冠肺炎疫情防控工作交换意见
2.10 习近平在北京调研指导新型冠状病毒肺炎疫情防控工作
湖北全省小区实行封闭式管理

任毅 石晓克 岳云祥 孙静 谭峰 孙长国

邹志建 孙美利 田功锋 王聪 王建勋

王虹雨 王家祥 王冠 王莉 王康康 王健

杨丛对 王凌云

王娆 王晶 毛秀丽

王艳春 温春林 魏柳 吴国勇 吴杰 王艺

武世霞 夏君男 刘知之 肖佳清 文旭东 王效营

王振红 徐嘉 肖富石 徐学秀 许昂

许文佳 许花美 张如意 王铁军 杨君怡 张如意

任斌 何伟 杨楠 蔡亮 尹天一 杨阳 叶子硕

刘兆绪 张茵

贺宇 李侨纬 毋春起 张雨薇 郭嘉 [illegible]

徐飞 韩雪 孟洁妮 孔静 朱丽娜 张晓丽

王婷洁 武婷婷 谢洋 王坤 陈孝溪 腾格尔

杨超 黄度 刘力文 魏新蕊 常崇国 [illegible]

[illegible] 李莉 丁红颖 王欣悦 立宇 徐敏

徐玲玲 袁丹阳 袁梦 张梦迪 [illegible] 赵浩

侯文彪 郭笑晨 孟娟 孙悦 刘泽强 [illegible]

贾磊 郁梦洁 韩晶晶 刘春悦 刘佳宁 马琳娜

牛笛 石磊 佟迪 王璞 杨濡池 [illegible]

12.1 国际医学期刊《柳叶刀》1月24日发表一份流行病学回顾调查研究显示，新型冠状病毒肺炎确诊病例于当日发病（无华南海鲜批发市场接触史）

12.8 武汉市卫健委1月11日官方通报首例新型冠状病毒肺炎确诊病例当日发病

12.15 华南海鲜批发市场一名男性送货员开始发烧

12.24 广州微远基因科技有限公司收到武汉不明原因肺炎病例样本

12.26 上海收集到武汉不明原因肺炎病例样本

深圳华大基因股份有限公司收到武汉不明原因病例样本

12.27 广州微远基因科技有限公司口头报告武汉不明原因肺炎病例样本结果检测

湖北省中西医结合医院呼吸与重症医学科主任张继先上报可疑疫情

12.29 武汉市疾控中心开始流行病学调查

12.30 武汉市卫健委发布《关于做好不明原因肺炎救治工作的紧急通知》

12.31 武汉协和医院设立呼吸传染病隔离区

华南海鲜批发市场大规模消毒

国家卫健委专家抵达武汉正式介入调查

武汉市卫健委在官方网站发布《关于当前我市肺炎疫情的情况通报》

## 2020

1.1 华南海鲜批发市场被关停

国家卫健委成立疫情应对处置领导小组，此后每日召开领导小组会议

“平安武汉”微博称8名散布谣言者被依法处理

1.2 中科院武汉病毒所获得新冠病毒全基因组序列

国家卫健委制定《不明原因的病毒性肺炎防控“三早”方案》

1.3 当日起，中方定期与世界卫生组织、有关国家和地区组织以及中国港澳台地区及时、主动通报疫情信息

中方开始定期向美方通报疫情信息和防控举措

武汉启动对不明原因肺炎的调查和标本采集工作

武汉市卫健委在官网发布《武汉市卫生健康委员会关于不明原因的病毒性肺炎情况通报》，共发现44例不明原因的病毒性肺炎病例

1.4 国家卫健委会同湖北省卫生健康部门制定《不明原因的病毒性肺炎医疗救治工作手册》，印发武汉市所有医疗卫生机构，并在全市范围内开展相关培训

中国疾控中心负责人与美国疾控中心主任通电话，介绍疫情有关情况，双方同意就信息沟通和技术协作保持密切联系

**No.13**

第13封信 2月19日

**No.14**

第14封信 2月20日

**No.15**

第15封信 2月21日

**No.16**

第16封信 2月24日

2.11 世界卫生组织将新冠肺炎命名为 COVID-19
湖北卫健委书记及主任被免职
武汉所有住宅小区实行封闭管理

2.12 全国累计确诊病例超过5万人；西藏唯一确诊患者治愈出院
习近平主持召开中共中央政治局常务委员会会议，研究加强疫情防控工作

2.13 应勇任湖北省委书记，王忠林任武汉市委书记
全国累计确诊病例超过6万人

2.14 国务院联防联控机制召开新闻发布会通报，湖北以外其他省份新增确诊病例数实现“十连降”
河北首例确诊患者治愈出院

**2.15** 国务院新闻办公室首次在湖北举行新闻发布会，介绍在湖北组织开展疫情防控和医疗救治工作情况
国家市场监管总局推出支持复工复产十条措施

**2.16** 国家卫健委称全国各地疫情防控效果已显现
全国第1例、第2例遗体解剖所获新冠肺炎病理送检
中国－世界卫生组织联合专家考察组25人开始为期9天的在华考察调研工作

2.17 国务院总理李克强主持召开中央应对新冠肺炎疫情工作领导小组会议
全国累计确诊病例超过7万人
国家卫健委称，已经派出3.2万余名医务人员来支持湖北武汉

2.18 国务院联防联控机制召开新闻发布会介绍，17日内地单日新增确诊病例首次降至2000例以内，湖北省外单日新增确诊病例首次降至100例以内，内地单日新增死亡病例首次降至100例以内，实现了“3个首次”

2.19 习近平主持召开中央政治局常委会会议，听取疫情防控工作汇报，研究统筹做好疫情防控和经济社会发展工作
全国13地新增病例为0
外交部召开第三次外国驻华使馆（团）疫情防控通报会

2.20 国务院发布免、减、缓三项举措助力企业渡过难关
湖北各类企业不早于3月10日24时前复工

2.21 习近平主持召开中共中央政治局会议，部署统筹做好疫情防控和经济社会发展工作
贵州第八批援鄂医疗队174名医护人员驰援武汉，杜富佳随队出征

**2.22** 国家卫健委通报全国新增确诊病例648例
中科院下属机构联合研究发现华南海鲜批发市场并非新冠病毒发源地

**2.23** 习近平出席统筹推进新冠肺炎疫情防控和经济社会发展工作部署会议，发表重要讲话

2.24 湖北以外新增确诊病例数首次将至个位数
国务院联防联控机制新闻发布会通报，内地新增确诊病例数已连续5天在1000例以下
意大利、英国等国家确诊病例增多，世界卫生组织称中国疫情顶峰已过

门思灏 杨威 张君浩 杨 吉庆 王春林

钮浩宇 武汉加油，中国必胜！ 张 [illegible] [illegible] 杨京霞 郁菁

张俊亚 刘婕 赵子龙 赵智杨 张舒浄 张云龙

李紫豪 黄琳 赵岱正 张寅雪 赵诚 郑慧

周贺 张夏添 郑运周 周琳 朱莎莎

郁菁 张昱昊慧 周宇 [illegible] 李[illegible]

[illegible]

赵振宇 申坤 何晓[illegible] [illegible] 刘玉梅 陈明

付超 [illegible] 陈秀康 赵[illegible] 刘晨 张亮

张超然 李浩齐 陈威 李林 刘炳华 姜[illegible]

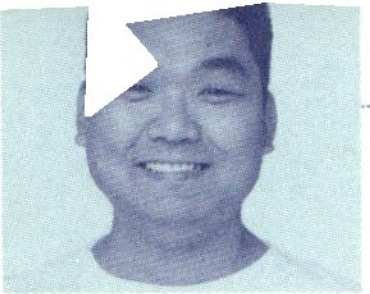

**No.17**

第17封信 2月25日

**No.18**

第18封信 2月26日

**No.19**

第19封信 2月27日

**No.20**

第20封信 2月28日

2.26
- 习近平主持召开中共中央政治局常务委员会会议，听取中央应对新型冠状病毒感染肺炎疫情工作领导小组汇报
- 截至2月25日，内地有湖北、浙江、山东三省的5个监狱发生了罪犯感染疫情，共有确诊病例555例，疑似病例19例，重症4例

2.27
- 国务院总理李克强主持召开中央应对新冠肺炎疫情工作领导小组会议，要求细化重点人群疫情防控措施，加强防控国际合作

2.28
- 全国累计治愈患者人数首次超过现有确诊病例人数
- 中国工程院院士钟南山团队、中国工程院院士李兰娟团队、武汉市金银潭医院、武汉市中心医院、浙江大学附属第一医院、香港中文大学等医院和研究机构在美国《新英格兰医学杂志》联合发表论文《新冠肺炎临床特点》，分析了1099例新冠肺炎患者救治数据

2.29
- 中国 - 世卫组织联合考察报告发布，称新冠病毒系动物源性病毒
- 境外日新增连续第四日超过中国，累计6009例

3.1
- 硚口武体方舱成为武汉首个休舱方舱医院
- 全国新增202例确诊病例，累计病例超过8万
- 国务院联防联控机制召开新闻发布会，介绍依法有效防控海外疫情输入有关情况

3.2
- 习近平在北京考察新冠肺炎防控科研攻关工作
- 国家卫健委称武汉疫情快速上升态势得到控制

3.3
- 国家卫健委发布《新型冠状病毒肺炎诊疗方案（试行第七版）》，在传播途径、临床表现、诊断标准等多个方面做出修改和完善，强调加强中西医结合

3.4
- 习近平主持召开中共中央政治局常务委员会会议，研究当前新冠肺炎疫情防控和稳定经济社会运行重点工作
- 中国疾控中心专家参加世界卫生组织全球应急准备监测委员会新冠肺炎疫情应对电话会议

3.5
- 国务院联防联控机制新闻发布会通报，3月4日0—24时，新增报告境外输入确诊病例2例。截至3月4日24时，累计报告境外输入确诊病例20例

3.6
- 全国新增确诊病例99例（含武汉74例），首次出现两位数
- 9个省份和新疆生产建设兵团已连续14天以上无新增确诊病例

……

* 综合新华社、人民日报、第一财经、南方都市报等媒体公开报道整理

新增疑似 新增确诊

刘艺 杨影 王敏 李子 王迪 王娟

森斌 赵燎成 王梓峰 陈博 陈梅 庞宇

王亚楠 陶莹 逯兵兵 冯海涛

*以及其他未来得及签名的全体电影频道工作人员

来自电影频道的祝福，我们相约，在春天，相见。

# 武汉，我们把电影频道员工们的牵挂寄给你

谨以此书献给

在抗疫一线战斗过的人们

我们从古以来，就有埋头苦干的人，有拼命硬干的人，有为民请命的人，有舍身求法的人，……这就是中国的脊梁。

——鲁迅

一个发生在疫情前线的真实故事，一封电影人亲笔书写的信件，将字字真情、心中暖意传达给武汉。

——打赢疫情防控阻击战·两地书

# 两地书

《今日影评》栏目组 · 编著

山西出版传媒集团
北岳文艺出版社
BEIYUE LITERATURE & ART PUBLISHING HOUSE
· 太原 ·

图书在版编目（CIP）数据

两地书 / 今日影评栏目组编著 .— 太原：北岳文艺出版社，2020.4
ISBN 978-7-5378-6174-8

Ⅰ .①两… Ⅱ .①今… Ⅲ .①书信集—中国—当代 Ⅳ .① I267.5

中国版本图书馆 CIP 数据核字（2020）第 061498 号

# 两地书

《今日影评》栏目组 · 编著

//

出品人
续小强

选题策划
刘文飞

责任编辑
刘文飞

书籍设计
王利锋

印装监制
郭勇

出版发行：山西出版传媒集团 · 北岳文艺出版社
地址：山西省太原市并州南路 57 号　　邮编：030012
电话：0351-5628696（发行部）0351-5628688（总编室）
传真：0351-5628680
网址：http://www.bywy.com　E-mail：bywycbs@163.com
经销商：新华书店
印刷装订：山西人民印刷有限责任公司

开本：889mm × 1194mm　　1/32
字数：186 千字
印张：9
插页：14
版次：2020 年 4 月第 1 版
印次：2020 年 4 月山西第 1 次印刷
书号：ISBN 978-7-5378-6174-8
定价：49.80 元

# 序一

2020年，注定是不平凡的一年，一场突如其来的新冠肺炎疫情让整个国家、各行各业按下了“暂停键”，确诊病例、疑似病例、治愈出院病例、累计确诊病例……今年春节，疫情无时无刻不在牵动着所有人的心。我们也因此注定要与一个个波动起伏的数字有着千丝万缕的联系。

在这场疫情防控的人民战争中，社会各界都在积极努力行动。惟其艰难，更显勇毅，疫情面前，每一个人都是战士。1月23日，武汉封城，身处后方的我们，也一直心系着武汉。我想，作为一名媒体工作者，我必须为武汉做点什么，我们必须为奋战于湖北及各地抗疫一线的医护人员、志愿者等平凡英雄们做些什么，我们必须马上就做。

疫情暴发适逢新年假期，怀揣中国电影人的使命担当，频道人纷纷自愿停止休假，主动返回工作岗位，坚守一线阵地。电影频道于春节期间第一时间推出一系列战“疫”相关特别策划。

1月27日大年初三，电影频道融媒体中心发起了“万众一心，打赢疫情防控阻击战”线上接力活动，近三百位电影人第一时间素颜录制短视频，为打赢疫情防控阻击战加油助力；1月29日大年初五，我们策划推出特别节目《两地书》，二十位电影人把载着满满力量的家信遥“寄”给武汉各行各业的一线工作者和普通人。2月2日，我们推出了抗疫公益歌曲《武汉，你好吗》；2月3日，《两地书》正式播出，用书信形式表达电影人对武汉、湖北的关心；2月10日，系列短视频报道《最美的平凡》以网友自发拍摄投稿的短视频为主，见证了抗击疫情短视频中的三十位平凡人；2月15日，电影频道精心组织甄选出六十部优秀国产影片捐赠给湖北；2月20日，《守望家国》以一个更深入的视角来近距离感受战“疫”；2月24日，《战疫故事》开启电影人与前线医务工作者、公安民警等平凡英雄相沟通的系列直播；2月27日，《风雨无阻向前进》携手六十五位企业家用充满力量的经典电影台词，表达“最好的中国、更好的世界”等主题；3月2日，《在春天》真实记录疫情发展态势下电影行业的“自救”和“改变”；3月9日，我们邀请近百位抗疫一线英雄，唱响经典爱国主题歌曲《我的祖国》；3月17日，记录武汉人民日常抗疫生活的公益短片《阳台里的武汉》上线；4月7日，连线十个国家电影人的《命运与共》节目开播，汇聚全球方案共谈人类命运共同体；4月8日，集结青年电影人蓬勃力量的《青春诗会》开启直播，以青春之诗咏青春之志，用中外文化名家诗篇致敬抗疫英雄，迎接春天的到来……

疫情之下，我们从未停下与时间赛跑的脚步。或许我们做得还远远不够，但总希望，我们能拿出全部力量为这场战“疫”尽些力、帮些忙。现在，我们准备把这些装订成册，让这字字句句的关心、问候与鼓励，呈现于纸上，永远留存住每一位电影人、每一位朋友最真诚的努力与祝福。武汉的朋友们、疫区的朋友们、勇敢的“逆行者”们、全国上下经历过这次疫情“大考”朋友们……希望你们收到了这份挂念，春天已经到来，愿我们早日相逢。

电影频道节目中心主任

曹　寅

2020年春

# 序二

2020年新年伊始，原本是万家团圆、喜迎春节的美好日子，却被突如其来的新冠肺炎疫情打乱了。

一场“大考”从天而降。从中央到地方，直面疫情，果断出击；一声令下，全国人民一盘棋，所有的支持第一时间向着武汉涌去。

在危难面前，中国人民向来就有众志成城、团结抗争的英雄传统。疫虐志强，中央关怀之下，无数真心英雄挺身而出：年逾八旬仍奋不顾身奔赴抗疫最前线的钟南山院士与李兰娟院士；“疫情上报第一人”、湖北省中西医结合医院呼吸与重症医学科主任张继先；身患渐冻症却不离临床一线的武汉市金银潭医院党委副书记、院长张定宇……默默践行不朽壮举的抗疫战士奋勇出击：年节团圆之际离家，甚至来不及与家人道别便赶往抗疫一线的医护与官兵；为投身抗疫而不幸殉职的医生与基层工作人员……还有以实际行动助力抗疫的普通百姓：八方来援、为建设医院与时间赛跑的建筑工人；自发收割、装箱、运送，为疫区捐赠蔬菜的农民兄弟……

作为出版人，记录时代脉搏，讴歌时代英雄，正是我们的责任和使命。在山西省委宣传部的指导与支持下，经过多方努力，我们联合电影频道《今日影评》栏目，策划推出了这部真情满满的《两地书》。

《两地书》通过“书信”这一美好的传统形式，从“凝聚、同心、乐观、忘我、坚守、不屈”等二十个主题词着笔，写下了电影人对于所有身处武汉疫区、携手奋战抗疫一线的各行各业的英雄们的敬佩、感恩、鼓励与支持。在《两地书》原有电视节目的基础上，编辑充分发挥创意潜能，增加抗疫时间线、新闻背景和新闻当事人栏目，深入挖掘新闻背后的故事；精心安排内容结构，文图设计精益求精，力图立体丰富地展现这些抗疫英雄的感人事迹。创新应用二维码 AR 技术，读者可直接收听收看节目内容，可以说，这本书也是媒体融合发展的创新成果。

疫情发展至今，我们看过了太多分离、伤痛、无助，但我们每天都在见证着希望的奇迹。硝烟已薄，离我们摘下口罩，去拥抱春天的日子已经是越来越近了……

山西出版传媒集团党委书记、董事长

贾新田

2020 年 3 月

# 目　录


**第 1 封信　|　筑梦**

发信人：郭晓东
收信人：田志阳、臧涛、林大才、孙志远、刘刚

你们是埋头苦干的人 …… 006

**第 2 封信　|　忘我**

发信人：林永健
收信人：郭　玮

都不容易的时候，最容易交心 …… 020

**第 3 封信　|　出征**

发信人：李光洁
收信人：张定宇

坦然面对，不留遗憾 …… 030

**第 4 封信　|　承诺**

发信人：颜丹晨
收信人：张益华

云端逆风也踏实心安 …… 040

**第 5 封信 | 守护**

发信人：刘佩琦
收信人：彭　宏

居民需要你这样的老大哥 052

**第 6 封信 | 凝聚**

发信人：陆　川
收信人：詹　松

真相与责任面前，你们从未缺席 062

**第 7 封信 | 昂扬**

发信人：蓝　羽
收信人：甘如意

没有人生来勇敢，只因为担当需要 072

**第 8 封信 | 盼望**

发信人：瑶　淼
收信人：王潇婉

一起努力把怪兽打跑 084

**第 9 封信 | 不屈**

发信人：大　鹏
收信人：郭　琴　余昌平

救死扶伤已经成了生活的习惯 094

**第 10 封信 | 坚守**

发信人：丁　晟
收信人：董宏祥

民警就是咱们自家人 104

**第 11 封信 丨 并行**

发信人：郭 帆
收信人："鞠躬女孩"

希望是比钻石还要珍贵的东西 …… 116

**第 12 封信 丨 牵挂**

发信人：王庆祥
收信人：胡世颉 史庆辉

不辱使命，责无旁贷 …… 126

**第 13 封信 丨 不息**

发信人：卢 奇
收信人：王明光

我们是战争打不垮、灾难毁不掉的 …… 136

**第 14 封信 丨 砥柱**

发信人：童 瑶（童朝晖的女儿）
收信人：童朝晖

世界再大，总有亲人等你回家 …… 146

**第 15 封信 丨 不弃**

发信人：王宝强
收信人：杜富国 杜富佳

不离不弃、万众同心，就一定能扛过去 …… 156

**第 16 封信 丨 同舟**

发信人：陶 红
收信人：邱贝文

让医护人员感到满满的暖意 …… 166

**第 17 封信 | 携手**

发信人：龚格尔
收信人：黄晓民　陈灵毓

点亮了武汉黑夜里的灯……176

**第 18 封信 | 温度**

发信人：苏　芒
收信人：田亚珍

咖啡的口感和温度不比平日减一分……188

**第 19 封信 | 乐观**

发信人：于　谦
收信人：爱笑的你

爱笑的人运气都不会太差……198

**第 20 封信 | 同心**

发信人：刘　劲
收信人：所有中国人民

人民的力量是不可战胜的……208

**艺人寄语**

万众一心　打赢疫情防控阻击战……215

**后记**

《两地书》献礼最美的你……258

二十位电影人

二十封书信

# 筑梦

郭晓东：

你们是埋头苦干的人

——致敬火神山医院建筑者

20

新闻背景　　XINWEN BEIJING　　01

20

新型冠状病毒感染肺炎疫情牵动人心，为阻击疫情，更好更集中地提供治疗，武汉的火神山医院仅用了短短十天时间，又一次以惊艳世界的中国速度竣工，并正式收治病人。火神山医院建筑面积 3.4 万平方米，有 1000 张床位；而雷神山医院建筑面积 7.5 万平方米，有 1500 张床位。这是一次工程奇迹，而推动它的是全中国人民对武汉的关切，对挽救生命的期待。田志阳、臧涛、林大才、孙志远、刘刚这五个来自山东省潍坊市昌乐县的建筑工人，在看到了火神山医院面向全国的招工信息之后，主动报名参加，在大年初三，开着私家车从老家出发，经过十几个小时，抵达了 1100 公里路程之外的武汉，投身到火神山医院的建设中。

第1封信

时　间：2020年2月3日

发信人：郭晓东

收信人：田志阳、臧涛、林大才、孙志远、刘刚——武汉火神山医院建筑工人

1月27日大年初三，田志阳、臧涛、林大才、孙志远、刘刚等五人开着私家车，赶赴武汉支援火神山医院建设。2月3日，武汉火神山医院正式收治病患，十天“中国速度”的背后，是无数人的努力。迎难而上，不畏艰辛，这里是中国；走过黑暗，涅槃重生，这里是中国。

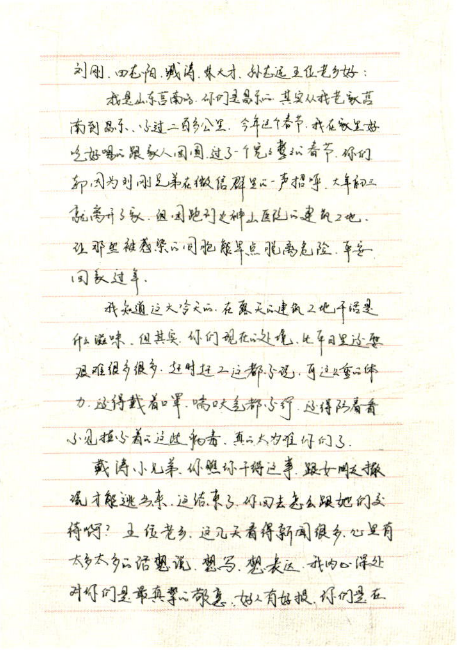

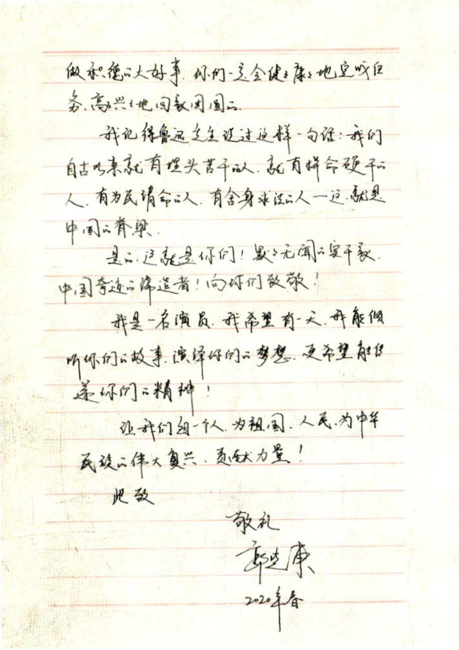

刘刚、田志恒、臧涛、林大才、孙志远五位老乡好：

我是山东莒南的，你们是昌乐的。其实从我老家莒南到昌乐，不过二百多公里。今年这个春节，我在家里好吃好喝的跟家人团圆，过了一个完完整整的春节。你们却因为刘刚兄弟在微信群里的一声招呼，大年初三就离开了家，但团跑到火神山医院的建筑工地，让那些被感染的同胞能早点脱离危险，平安回家过年。

我知道这大冷天的，在露天的建筑工地干活是什么滋味。但其实，你们现在的处境，比平日里还要艰难很多很多。赶时赶工这都不说，再这么重的体力，还得戴着口罩，喘口大气都不行，还得防着看不见摸不着的这些病毒，真的太为难你们了。

臧涛小兄弟，你想你干得这事，跟女朋友撒谎才能逃出来，这结束了，你回去怎么跟她们交待啊？五位老乡，这几天看得新闻很多，心里有太多太多的话想说、想写、想表达。我内心深处对你们是最真挚的敬意。好人有好报，你们是在做积德的大好事，你们一定会健健康康地完成任务，高高兴兴地回家团圆的。

我记得鲁迅先生说过这样一句话：我们自古以来就有埋头苦干的人，就有拼命硬干的人，有为民请命的人，有舍身求法的人……这就是中国的脊梁。

是的，这就是你们！默默无闻的实干家，中国奇迹的缔造者！向你们致敬！

我是一名演员，我希望有一天，我能倾听你们的故事，演绎你们的梦想，更希望能传递你们的精神！

让我们每一个人，为祖国、人民，为中华民族的伟大复兴，贡献力量！

此致

敬礼

郭晓东

2020年春

书信手稿

# 你们是埋头苦干的人

——致敬火神山医院建筑者

田志阳、臧涛、林大才、孙志远、刘刚：

五位老乡，你们好。

我是山东莒南的，你们是昌乐的。其实从我老家莒南到昌乐不过两百多公里。

今年这个春节，我在家里好吃好喝的，跟家人团圆，过了一个完完整整的春节。你们却因为刘刚兄弟在微信群里的一声招呼，大年初三就离开了家，组团跑到火神山医院的建筑工地，让那些被感染的同胞能早点脱离危险，平安回家过年。

我知道这大冷天的在露天的建筑工地干活，是什么滋味。但其实，你们现在的处境比平日里还要艰难很多很多。赶时赶工这都不说，可这么重的体力还得戴着口罩，喘口大气都不行，还得防着看不见的摸不着的这些病毒，真的是太为难你们了。

臧涛小兄弟，你瞧你干这事儿，跟女朋友撒谎才能逃出来，这结束了你回去怎么跟他们交代啊？五位老乡，这几天的新闻看得很多，心里有太多太多的话想说，想写，想表达我内心深处对你们最真挚的敬意。好人有好报，你们是在做积德的大好事，也一定会健健康康地完成任务，高高兴兴地回家团圆的。

我记得鲁迅先生说过这样一句话，我们自古以来就有埋头苦干的人，就有拼命硬干的人，有为民请命的人，有舍身求法的人——这就是中国的脊梁。

是的，这就是你们！默默无闻的实干家，中国奇迹的缔造者！向你们致敬！

我是一名演员，我希望有一天，我能倾听你们的故事，演绎你们的梦想，更希望能传递你们的精神！

让我们每一个人为祖国，为人民，为中华民族的伟大复兴贡献力量！

此致

敬礼

郭晓东

二〇二〇年春

* 此部分内容与手稿略有出入，以节目播出内容为准，后文同。

扫描二维码，听节目原声

# 新闻当事人

XINWEN DANGSHIREN

刘刚、田志阳、臧涛、林大才、孙志远

1月23日凌晨，武汉市新型冠状病毒感染肺炎疫情防控指挥部发布通告。为全力做好新型冠状病毒感染肺炎疫情防控工作，有效切断病毒传播途径，坚决遏制疫情蔓延势头，确保人民群众生命安全和身体健康，自2020年1月23日10时起，全市城市公交、地铁、轮渡、长途客运暂停运营；无特殊原因，市民不要离开武汉，机场、火车站离汉通道暂时关闭。

当日，武汉决定参照北京小汤山医院模式建设火神山医院。晚上十点，来自中建三局和武汉建工、武汉市政、汉阳市政等企业的上百台挖掘机、推土机等施工机械从武汉全市各处赶来，紧急集合，通宵进行场平、回填等施工。

“国家有难，我们不能袖手旁观。支援武汉火神山医院建设，敢不敢去？” 1月26日晚，刘刚在一个昌乐建筑微信群里发起了倡议，号召大家一起支援火神山医院建设。短短十几分钟，田志阳、臧涛、林大才、孙志远等四人响应报名。由于疫情形势严峻，火神山医院建设任务紧迫，五人决定1月27日就动身。

临行前，刘刚和孙志远如实向家人说明了情况，得到了家人的支持；而田志阳、臧涛和林大才则选择瞒着家人。在办理好体温检测证

明、疫情防控特别通行证之后，五人开着私家车，经过十几个小时，抵达武汉。他们顾不上休息，第二天早上就投入到搭建箱式板房和一些基础设施的工作中。

从事建筑工作三四年、年纪最小的臧涛看到几千人、几百台挖掘机在卖力地干活，第一次遇到这样的大场面，内心激动且充满干劲。干活时，他手指骨折了都没吭一声，现场找了两块钢片，简单地用创口贴包扎了一下就继续干活。“确实也挺疼的，昨天晚上疼得一夜没睡，但是条件有限，任务紧迫，没时间考虑那么多。”臧涛不好意思地说，“我女朋友已经知道我来武汉了，但是手受伤这件事还没敢告诉她，怕她担心。”

记者问他们到疫区怕不怕，他们说，既然敢来就不怕。“我来之前偷偷写了遗嘱，就是如果我有个万一，就让我儿子朝着武汉的方向磕个头就行，不用为我难过。”田志阳说，临行前，他已经把银行卡、车钥匙等给妻子交代好了，“我真是这么想的，出来就是抱着拼死的决心和必胜的信心，疫情不除，我不回家。”

从 1 月 29 日开始，火神山医院建设已进入病房安装攻坚期。现场 4000 余名工人、近千台大型机械 24 小时轮班抢建。截至 1 月 30 日，约 400 个场外板房完成拼装，医院病区已具雏形。他们每天连续工作十几个小时，但他们每个人都没有一丝松懈，唯一的目标就是尽快完工。正如田志阳所言：“能提前 1 分钟交工，就能提前 1 分钟救治病人。只要能更快建好火神山医院，我们愿意 24 小时上班。”他们就只有一个共同的心愿，那就是与武汉人民一起，早日渡过难关。

火神山医院抢建进度图

# 视频连线实录

SHIPIN
LIANXIAN
SHILU

电影频道主持人、郭晓东、援建武汉火神山医院建筑工人

**电影频道主持人：**田师傅你好，郭老师好！

**郭晓东：**大家好，蓝羽好！

**田志阳：**你好，你好！

**电影频道主持人：**郭老师要不要用家乡话和田师傅他们打个招呼。

**郭晓东：**田师傅好，各位老乡大家好。

**电影频道主持人：**田师傅，你们现在哪里？

**田志阳：**在车上。

**电影频道主持人：**要去哪里呢，现在？

**田志阳：**是这样啊，我们本来是要去雷神山（医院）的，结果办不下通行证来，我们只好回潍坊了。

**电影频道主持人：**哦，所以现在是在回家的路上了，是吗？

**田志阳：**对对对，我们在高速路上。

**电影频道主持人：**你们需要多长时间开回山东老家呢？

**田志阳：**大约十一个小时吧。

**郭晓东：**路上一定要注意安全。

**电影频道主持人：**注意安全（同时）。

**田志阳：**没问题的，我们现在快出湖北了，回去之后，会马上进行自我

隔离。

郭晓东：你们身体都还好吧？

田志阳：都挺好的，我们几个身体都特别棒。这是我们的领队刘刚（打招呼），这是志远（打招呼），这是大才（打招呼），这是臧涛（郭老师好！蓝姐好！）。

电影频道主持人：注意安全，注意安全。

郭晓东：我相信大家只要拧成一股绳，疫情很快、很快就会过去了。你们也一定要好好注意自己的身体。

田志阳：我们在武汉也是特别感动的，咱们中国人非常团结，每一个最普通的工人都在拼尽全力地去建设，我们每天都（怀着）非常高的热情，也很愿意去参加这样的事情，相信“国家兴亡，匹夫有责”，这个时候我认为作为最普通的一个中国人，我应该出把力，不应该袖手旁观，我们几个兄弟也是这么想的。

电影频道主持人：田师傅，我们的《两地书》节目当中，讲述了您的故事，郭晓东老师也读了一封专门给几位写的信。当时，大家看到的时候第一感受是什么样的？

田志阳：我们这么普通的人能得到郭老师和你们的赞赏，感到非常的荣幸，也非常感谢你们对我们的支持。

郭晓东：不是我们的，是大家，大家为你们这种精神而感动，因为你们太了不起了。你们看上去是非常平凡的小事情，但其实在这个小事情当中，撑起了一股责任和力量，而且是一种激昂的象征。真的由衷地感谢你们。

电影频道主持人：你们每天大概是一个什么样的工作时间和休息时间呢？

田志阳：每天早上5点左右起床，六点开始工作，基本上正常的话会工作到晚上12点，（工作）十八九个小时，一天能睡5个小时左右。

电影频道主持人：每天能睡5个小时左右……

田志阳：我这个兄弟（臧涛）吃着饭都睡着了，嘴里还含着饭呢就睡着了。他太累了。特别是那个口罩啊，戴的时间久了，它就会出现那种凝结成很多水，然后会在眼镜上形成霜，看不清路，干活很辛苦。整个我的毛衣脱下来的时候都是湿透了的，都能拧出水来，一停下来又特别冷，特别害怕感冒了，一旦感冒就会很尴尬，不知道是什么原因的感冒，所以又得捂得很严实。热了不敢脱，冷了不敢打哆嗦。

电影频道主持人：我想问问几位师傅，你们在看到医院建成的那一刻是什么样的心情？

田志阳：虽然我只是出了一点力气，但是我走在火神山（医院）的路上，就感觉那个医院都像是我们自己的，特别特别亲切。

郭晓东：臧涛那个手指头好了吗？是臧涛的手指头吧？好了吗？

电影频道主持人：我看看好了吗？哎哟……

臧涛：已经弯掉了，骨折了弯了。

郭晓东：可能将来那个手指头要脱壳了。

田志阳：非常坚强的小伙子。

电影频道主持人：我给你出一个好招，让郭晓东老师对你的女朋友说一段话，帮你来解释这件事情。好不好？

臧涛：好好，谢谢，谢谢！

郭晓东：我相信你女朋友看到你的这个事迹，她一定会由衷地以你为骄傲的，觉得她这辈子选对了人，希望你们能够恩恩爱爱白头偕老。

电影频道主持人：等你们结婚的时候，我们请郭老师给你们录祝福视频，好不好？

郭晓东：就这么说定了啊。我也希望有一天我能演绎你们的故事，把你们真实的人生感受展现出来，感谢你们。

田志阳：谢谢郭老师！

电影频道主持人：我们一起说武汉加油吧。

# 忘我

# 20

林永健：

都不容易的时候，最容易交心

—— 向医护战友行注目礼

20

经中央军委批准，解放军派出3支医疗队共450人今晚分别从上海、重庆、西安三地乘坐军机出发，于1月24日23时44分全部抵达武汉机场，明天将正式加强到武汉地区指定接诊新型冠状病毒感染肺炎的病例较多的地方医院开展救治工作。医疗队分别由陆军、海军、空军军医大学抽组，每支医疗队150人，分指挥组、普通患者治疗分队和危重症患者救治分队，配备呼吸科、感染性疾病科、医院感染控制科、重症监护室等医学专家，他们中不少人有小汤山抗击“非典”、援非抗埃的经历。千名部队医务人员请战，海陆空三军医疗队除夕夜驰援武汉，退伍军人自发建设火神山医院，海军军医带尿不湿进病房……疫情蔓延以来，军人们始终在前线勇敢拼搏。若有战，召必回，是他们对人民的承诺，更是对自己的承诺。

第2封信

时　间：2020年2月4日

发信人：林永健

收信人：郭　玮——空军军医大学986医院护士长

2020年1月24日，除夕的深夜，解放军从陆军、海军、空军军医大学抽组3支医疗队驰援武汉，全力投入湖北地区应对新型冠状病毒感染肺炎疫情工作。2月3日起，1400名医护人员将承担起武汉“火神山”新型冠状病毒感染肺炎专科医院医疗救治任务。先期抵达的3支医疗队共450人，全部纳入统一编组。他们用行动诠释中国军人的力量，他们用奉献阐述白衣天使的柔情。

郭玮大夫：

你好！

这个时候给你写信，也不知道合适还是不合适。

按说啊，你每天手机里的微信，怕是都看不过来，那些问候你，叮嘱你的亲朋好友，都比我跟你熟。可我就是想，啊，你听我读信的这会儿，你能歇歇。我希望你这会儿已经交班了，把口罩摘下来了。你自己好好地揉揉脸，你放心，那些印子慢慢能消，肯定能消。就是小心别磨出水泡来，别感染。这个不用我嘱咐你，你比我懂，我这叫班门弄斧。

你先吃口热乎的，最好是汤汤水水的，别干咽。然后你听我读信的时候，干什么都行。对了，你要不要去个厕所啊，或者睡会儿。听睡了都没关系，真能打个盹儿也是特别好的事儿，那我也算立了功。真的，怕你们没时间休息，也怕你们睡不着睡不好。因为你们心里装了太多太多的事了。

疫情发展到现在，你们受累了，受苦了，睡觉都恨不得睁着眼睛吧！我真不知道该说什么，该怎么说。

咱们都是军人出身，我特别想给你敬个军礼，真的。可是我现在没穿军装，也没戴军帽，按《内务条令》，那就不能敬军礼。我看着现在你们医院里，同事之间，怕接触传染，可又想表达情感，就兴起了一个碰肘礼，这个挺棒的，挺帅的。我跟你隔得远，咱就不玩那个帅了，我就老老实实地给你敬个军礼。不过，不是举手礼，是注目礼。

其实，现在全国人民都在看新闻，上网，搜消息，他们也在心里给你们行着注目礼。

你们不容易，大家都不容易，我们的祖国更不容易。

都不容易的时候，是最容易交心的时候。

我这封信，就是想跟一个小妹妹，一个好姑娘，一个让我以你为荣的好战友，一个让我以你为傲的中国人，交个心。

此致

军礼！

林永健

2020年春

书信手稿

# 都不容易的时候，最容易交心

——向医护战友行注目礼

郭玮护士：

你好。

这个时候，给你写信，也不知道合适不合适。

按说啊，你每天手机里的微信，怕是都看不过来，那些问候你叮嘱你的亲朋好友，都比我跟你熟。可我就是想啊，你听我读信这会儿，你能歇歇。我希望你这会儿已经交班了，可以把口罩摘下来了。你自己好好揉揉脸，你放心，那些印子慢慢能消，肯定能消。就是小心别磨出水泡来，别感染。这不用我嘱咐你，你比我懂，我这叫班门弄斧。

你先吃口热乎的，最好是汤汤水水的，别干咽。然后你听我读信时候，干什么都行。对了，你要不要去个厕所啊，或者睡会儿，听睡了都没关系，真能打个盹儿也是特别好的事儿，那我也算立了功。真的，怕你们没时间休息，也怕你们睡不着睡不好。因为你们心里装了太多太多的事了。

疫情发展到现在，你们受累了，受苦了，睡觉都恨不得睁着眼睛吧！我真不知道该说什么，该怎么说。

咱们都是军人出身，我特别想给你敬个军礼，真的。可是我现在没穿军装，也没戴军帽，按《内务条令》，那就不能敬军礼。我看着现在你们医院里，同事之间，怕接触传染，可又想表达情感，就兴起了一个碰肘礼。这个挺棒的，挺帅的。我跟你隔得远，咱就不玩那个帅了，我就老老实实给你敬个军礼。不过，不是举手礼，是注目礼。

其实，现在全国人民都在看新闻，上网，搜消息，他们也在心里给你们行着注目礼。

你们不容易，大家都不容易，我们的祖国更不容易。

都不容易的时候，是最容易交心的时候。

我这封信，就是想跟一个小妹妹，一个好姑娘，一个让我以你为荣的好战友，一个让我以你为傲的中国人，交个心。

此致

敬礼

林永健

二〇二〇年春

扫描二维码，听节目原声

# 新闻当事人

XINWEN DANGSHIREN

郭玮

1月26日，空军军医大学医疗队进入武昌医院ICU病房，全面查看患者病情，完善医嘱、病历等系统并共同制定救治方案。郭玮便是其中一员。

郭玮，是一名有着超过二十年兵龄的中国空军医疗老兵。“两个孩子今年初一，父母都上了年纪身体不是很好，原打算春节带孩子回延安探望，为了疫情第一时间退票。”她在采访中说。

大年三十，作为空军军医大学医疗队第四护理副组长，郭玮签下“请战书”，还没来得及和家人吃顿年夜饭，戴上口罩，就赶赴抗疫一线。

与她一起出发的，是经中央军委批准，中国人民解放军从陆军、海军、空军军医大学抽组的3支医疗队，共450人。医疗队到达武汉后，郭玮担任武昌医院五病区第4护理副组长，负责巡视病房和各项治疗工作。在前线的超负荷工作强度下，她和战友们的衣服被汗湿透。长时间持续工作，防护镜和口罩在她的额头和脸上留下了深深的印痕，面颊也出现了浮肿。

微博上“女军医摘下口罩后落泪”这个视频播放量高达两千多万次，记录了她连续奋战多个小时后，摘下防护镜和口罩的样子。面对手机镜头，同事问了一句“觉得累吗？”，她连忙说“还行，还行”。但当她看到镜头中那个疲惫的自己，她哽咽落泪，“我刚刚看见你拍的那张照片，不知道自己变成那样子了”。擦干眼泪，郭玮表示，作为空军第 986 医院医疗队一员，她将和医疗队一起共同努力，配合当地医院开展疫情防治工作，让每一位患者都能得到精心服务。

一个朋友将郭玮形成巨大反差的工作照和靓丽生活照，一并发到微信朋友圈，引来如潮的点赞和留言。“郭玮，你满脸勒痕的样子真美！”这是网友对医疗队员郭玮的赞誉，这个点击量达到 2.8 亿的微博，是郭玮和战友们在武汉战“疫”的真实写照，她们忙碌的背影映照出的是人民军医无尽的人间大爱。这位以郭玮为“荣”的友人这样留言：看到你在抗疫一线汗湿衣衫，第一次觉得“崇高”一词如此之近。郭玮回复四个字：职责所在。

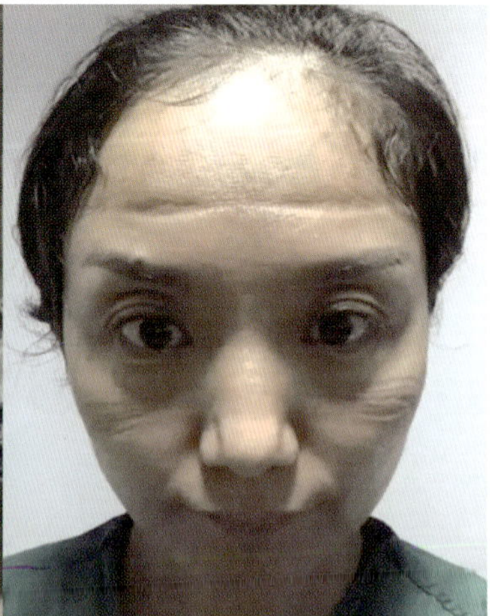

“职责所在”，四个简简单单的字，道出了一名军队医务工作者在疫情面前的初心使命，折射出了一名医务工作者的责任和担当。像郭玮一样的英雄军人还有很多，他们正用自己的信念与力量顽强守护每一位患者——穿上防护服，即如有铠甲；戴上口罩，便所向披靡。身处抗疫第一线，有时候他们为了节省一套防护服，连续工作 9 个小时，不吃不喝，更别说能有时间摘下口罩喘口气。

解放军支援湖北 3 支医疗队抵汉后，第一时间批量接收患者、勇闯隔离病区、诊治危重病人……这些勇士与疫情展开激烈博弈，勾勒出军队医务工作者“最美的样子”。透过口罩，我们看到了与疫情赛跑的中国军人。摘下口罩，他们的脸上留下了深深浅浅的印记。印记终会消退，但他们的付出，人民永远记得。

出征

# 20

## 李光洁：
## 坦然面对，不留遗憾
## —— 致敬抗疫英雄张定宇

新闻背景　　XINWEN BEIJING　　03

作为武汉市收治新型冠状病毒感染患者的定点医院，武汉市金银潭医院为世界所瞩目。在抗疫作战的这段时间，金银潭医院全院六百余名医护人员在张定宇的带领下勇敢而有序地奋战于最前一线。可不为人知的是，57 岁的张定宇身患罕见绝症——“渐冻症”，奋战中的他腿脚已不再灵便。疾病，没能阻碍这位白衣将军的冲锋速度；重重苦难没有将张定宇打倒，反而令他坚持抗疫的信念更为坚定。而像张定宇这样将个人安危置之度外、始终坚定的一线医护人员还有许多，他们以大无畏的精神，托起患者新生的希望。

第3封信

时　间：2020年2月5日

发信人：李光洁

收信人：张定宇——武汉市金银潭医院党委副书记、院长

率“金银潭”，驻抗疫一线；患“渐冻症”，仍一往无前。张定宇用渐显蹒跚的步伐，与千千万万白衣卫士一起，为民众托起了信心与希望。2020年2月4日，武汉人社局通报，为表彰金银潭医院院长张定宇同志的先进事迹，经研究决定，给予张定宇同志记功奖励。

张定宇院长：你好

我曾经去过武汉演出话剧，走过汉正街、吃过热干面，从来没有想象过那里会是一个前线。而前线中的最前沿，就是你们金银潭医院，是你们最早收治了感染新型冠状病毒的患者。现在都说负重前行，你们医院的六百多位医护人员，可能是最早出发的那一群人，而且，至今没有好好松一口气。

在近期的采访中，你提到了饱和这个词。饱和就意味着极限，你们一直是在极限中履行自己的职责。我不会问是什么力量支撑着你们，你们的专业是救治病人而不是总结自己。我也不知道如何给你们力量，因为我明明是从你们身上汲取了力量。我只想说，再过几年，十几年，有些孩子在填写高考志愿的时候会填写医学院或者医科大学，那可能就是因为此刻看见了你们，看见了你略显蹒跚但始终坚定的身影。

院长，你身患渐冻症，已经确诊了一年多。你一直隐瞒着、不想让周围的人担心。这一年多，你过的太苦了，背负的一切太沉重了。现在，你说到一个词：坦然。坦然是一种勇气、坦然是一种幸福。你现在身体依然是超负荷，但我希望你的心理多少是放松一点了。

倒计时这个词非常残酷，但你坦然使用了这个词，是因为你明白我们每个人都处在生命的倒计时中，无一例外。只是大多数人没法足够知情。你知情了，你将继续奋斗，为了爱你的人和你爱的人，你一定可以让自己人生的遗憾降到最低。就像你领导的金银潭医院，也正在努力把这场抗疫之战的遗憾降到最低。

我演过一个电影叫《流浪地球》，故事讲的不是任由地球去流浪，而是带着地球一起流浪，带着家园一起漂泊。古人说背井离乡，其实我们也可以背(读一声)井离乡，背着我们眷爱的一切出发。

负重前行，其实就是负爱前行。

重，是因为爱的足够多。

正因为是爱，才感觉不到重。

此致

敬礼！

李光洁

二零二零年一月三十一日

书信手稿

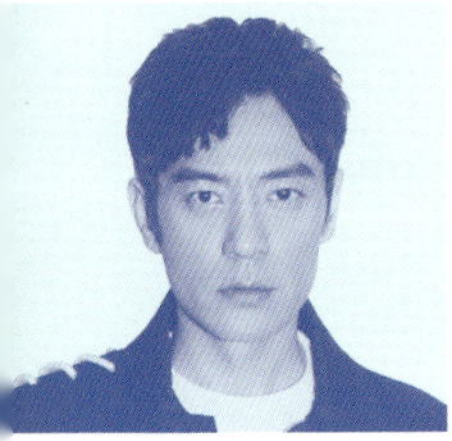

# 坦然面对，不留遗憾

——致敬抗疫英雄张定宇

张定宇院长：

您好。

我曾经去过武汉演出话剧，走过汉正街，吃过热干面，但从来没有想象过那里会是一个前线。而前线中的最前沿，就是你们金银潭医院，是你们最早收治了感染新型冠状病毒的患者。现在都说负重前行，你们医院的六百多位医护人员可能是最早出发的那一群人，而且至今没有好好松一口气。

在近期的采访中，您提到了“饱和”这个词。“饱和”就意味着极限，你们一直是在极限中履行自己的职责。我不会问是什么力量支撑着你们，你们的专业是救治病人，而不是总结自己。我也不知道该如何给你们力量，因为我明明是从你们身上汲取了力量。我只想说，再过几年、十几年，有些孩子在填写高考志愿的时候，会填写医学院或者医科大学，那可能就是因为此刻看见了你们，看见了你略显蹒跚但始终坚定的身影。

院长，您身患的“渐冻症”，已经确诊了一年多。您一直隐瞒着，不想让周围的人担心，这一年多，您过得太苦了，背负的一切太沉重了。现在您说到一个词：坦然。坦然是一种勇气，坦然是一种幸福。您现在身体依然是超负荷，但我希望您的心里多少是放松一点了。

“倒计时”这个词，非常残酷，但您坦然使用了这个词，是因为您明白我们每个人都处在生命的倒计时，无一例外，只是大多数人没法足够知情。您知情了，您将继续奋斗，为了爱您的人和您爱的人，您一定可以让自己人生的遗憾降到最低，就像您领导的金银潭医院，也正在努力把这场抗疫之战的遗憾降到最低。

我曾有幸出演过一个电影，叫《流浪地球》。故事讲的不是任由地球去流浪，而是带着地球一起流浪，带着家园一起漂泊。古人说背井离乡，其实我们也可以“背”井离乡，背着我们眷爱的一切出发。

负重前行，其实就是负爱前行。重，是因为爱得足够多。正因为是爱，才感觉不到重。

此致

敬礼

李光洁

二〇二〇年一月三十一日

扫描二维码，听节目原声

# 新闻当事人

XINWEN DANGSHIREN

张定宇

金银潭医院是武汉规模较大的传染病专科医院，也是武汉市最早收治新型冠状病毒感染患者的定点医院。疫情期间收治的全部为新型冠状病毒感染肺炎的确诊患者。自 2019 年 12 月 29 日转入首批 7 名新型冠状病毒感染肺炎的患者以来，武汉市金银潭医院总共腾退了 21 个病区，全部用于收治新型冠状病毒感染肺炎的患者。57 岁的院长张定宇和医院的 600 多名医护人员，一直在抗击疫情的最前线奋战。

“今天收了多少病人？多少出院？”

每天早上 7 点半，张定宇到医院的第一件事，就是确认病人情况。每次问，都要求回答者立刻给出精确的数字。“任务布置急，要求高，事无巨细，骂起人来都不留情面”，但是，“有困难找他，总会有办法”，医护人员这样评价他。

2019 年 12 月 29 日，武汉市华南海鲜市场首批不明原因肺炎患者转入金银潭医院。有多年从事传染病防治经验的张定宇果断决策，立刻将病人集中到隔离病房分析研判，同时新开两个病区，紧急调配设备及人员。

紧张迅速的筹备状态下，张定宇严厉而又镇定，“我们要胆大心细！有什么责任有我担着”，他的话成为了金银潭医院所有医护人员的

定心丸。

然而，同事们逐渐发现，行事雷厉风行、走路健步如飞的张定宇下楼梯的脚步越来越慢。在大家的追问下，他终于坦陈，“我得了渐冻症，两年前就犯病了，特别怕下楼，平时下楼都会抓住我爱人”。这是一种罕见的绝症。但他并没有因为疾病，停下自己的脚步。每天凌晨 2 点躺下，4 点就要爬起来，处理各种突发事件。在抗疫一线，张定宇是冲锋在前的白衣将军。

金银潭收治首批病人 22 天时，张定宇得知同为医生的妻子，在另一家医院工作时不幸确诊感染了新型冠状病毒，收治于离他十多公里外的医院里。妻子入院三天，张定宇终于抽出时间在晚上 11 点多赶到她身边，待了不到半小时，又匆忙离去。这让分身乏术的张定宇内疚不已。

“实在是没时间。我很内疚，我也许是个好医生，但不是个好丈夫。”说着，张定宇眼圈突然红了。

幸运的是，入院十天后，妻子痊愈出院。张定宇终于松了一口气，接着更笃定地投入到疫情防治之中。目前，千万网友仍在全国各地向他们传递着祝福，而张定宇在简单回应后，依然无畏出征、继续投身抗疫前线。

“生命留给我的时间不多了。必须跑得更快，才能跑赢时间，才能从病毒手里抢回更多病人，把重要的事做完。”急促的电话铃声响起，他又一次走向隔离病区的深处。他一高一低的步子，成了医院里最令人心疼却也最温暖人心的画面。

# 承诺

颜丹晨：

云端逆风也踏实心安

——致敬空乘天使

20

第4封信

时　间：2020年2月6日

发信人：颜丹晨

收信人：张益华——MU700航班乘务长

2020年1月28日大年初四，张益华任乘务长的MU700航班从兰州起飞，载着甘肃援鄂医疗人员及救护物品，更载着扶危救困的真情与决心，直面风险，连通内外。中国空乘，逆风护航，在这个时候，依然冒着风险，连通内外，往来前线的机组成员，每一个都是我们心中的英雄。

20

1月24日，457名医护人员从北京、上海、广东出发，前往武汉。25日，402名医护人员以及3590公斤医疗救护物品从上海、广东、吉林出发，前往武汉。26日，530名医护人员以及11.6吨医疗救护物品从北京、陕西、山西、辽宁出发，前往武汉。27日，275名医护人员以及4714公斤医疗救护物品从北京、云南出发，前往武汉。28日，1117名医护人员以及27.9吨医疗救护物品从北京、上海、广东、甘肃、青海、宁夏、山东、新疆出发，前往武汉。2月2日，1353名医护人员以及26吨医疗救护物品从山西、江苏、陕西、山东、四川、青海、云南、宁夏、甘肃、吉林、重庆出发，前往武汉。2月4日，557名医护人员以及13.1吨医疗救护物品从吉林、青海、云南、宁夏、甘肃、江西出发，前往武汉。2月5日，359名医护人员从北京、山东、福建出发，前往武汉。…… 自疫情发生以来，这样特殊的航班每天满载着物资和医务人员为前线输送“血液”。

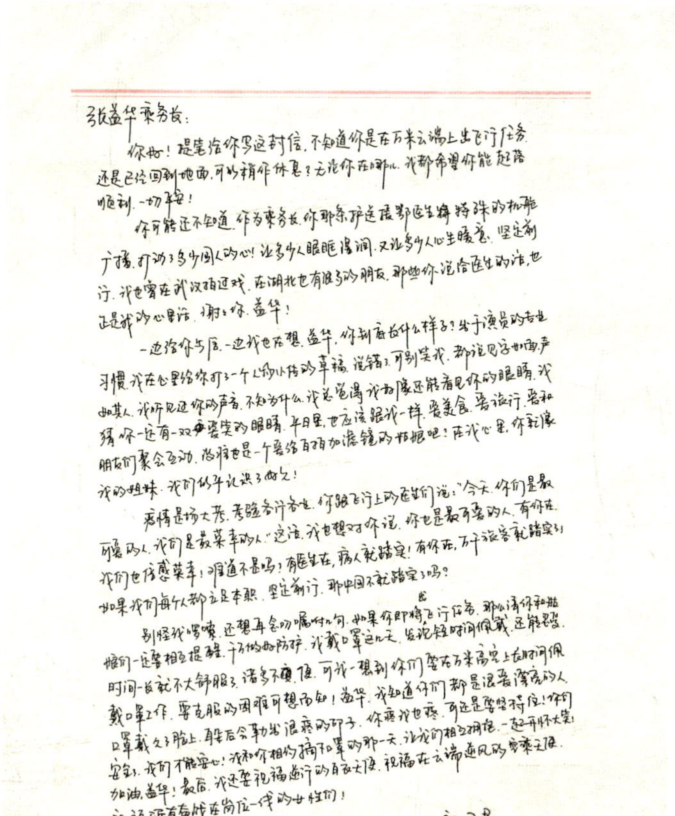

张益华乘务长：

你好！提笔给你写这封信，不知道你是在万米云端上出飞行任务，还是已经回到地面，可以稍作休息？无论你在哪儿，我都希望你能起落顺利，一切平安！

你可能还不知道，你作为乘务长，你那条护送援鄂医生的特殊的机舱广播，打动了多少国人的心！让多少人眼眶湿润，又让多少人心生暖意，坚定前行。我也曾在武汉拍过戏，在湖北也有很多的朋友，那些你说给医生的话，也正是我的心里话。谢谢你，益华！

一边给你写信，一边我也在想，益华，你到底长什么样子？出于演员的职业习惯，我在心里给你打了一个人物小传的草稿，说错了可别笑我。都说见字如面，声如其人，我听见过你的声音，不知为什么，我总觉得我好像还能看见你的眼睛，我猜你一定有一双爱笑的眼睛，平日里，也应该跟我一样，爱美食，爱旅行，爱和朋友们聚会互动，恐怕也是一个爱给自拍加滤镜的姑娘吧？在我心里，你就像我的姐妹，我们仿佛认识了好久！

疫情是场大考，考验各行各业。你跟飞行上的医生们说：“今天，你们是最可爱的人，我们是最荣幸的人。”这话，我也想对你说，你也是最可爱的人，有你在，我们也倍感荣幸！难道不是吗？有医生在，病人就踏实！有你在，万千旅客就踏实了，如果我们每个人都立足本职，坚定前行，那中国不就踏实了吗？

别怪我啰嗦，还想再多叨嘱咐几句。如果你即将出飞行任务，那么请你和姐妹们一定要相互提醒，千万做好防护。我戴口罩这几天，发现短时间佩戴还能忍受，时间一长就不大舒服了，诸多不便。可我一想到你们要在万米高空上长时间佩戴口罩工作，要克服的困难可想而知！益华，我知道你们都是很爱漂亮的人，口罩戴久了脸上，耳朵后会勒出很疼的印子，你疼我也疼，可还是要坚持住！你们安全了，我们才能安心！我和你相约摘下口罩的那一天，让我们相互拥抱，一起开怀大笑！加油，益华！最后，我还要祝福逆行的白衣天使，祝福在云端逆风的空乘天使，祝福所有奋战在岗位一线的女性们！

此致

敬礼！

颜丹晨

2020.2.

书信手稿

# 云端逆风也踏实心安

——致敬空乘天使

张益华乘务长：

你好！

提笔给你写这封信，不知道你是正在万米云端上出飞行任务，还是已经回到地面可以稍作休息？无论你在哪儿，我都希望你能起落顺利、一切平安！

你可能还不知道，作为乘务长，你那条护送援鄂医生特殊的机舱广播，打动了多少国人的心！让多少人眼眶湿润，又让多少人心生暖意、坚定前行。我也曾在武汉拍过戏，我在湖北也有很多的朋友，那些你说给医生们的话，也正是我的心里话。谢谢你，益华！

一边给你写信，一边我也在想：益华，你到底长什么样子呢？出于演员的专业习惯，我在心里给你打了一个人物小传的草稿，说错了，你可千万别笑我。都说见字如面，声如其人。我听过你的声音，不知为什么，我总觉得我好像还能看到你的眼睛。你一定有一双爱笑的漂亮眼睛。我猜，平日里，你应该也跟我一样，爱美食、爱旅行，爱和朋友聚会互动，没准也是一个爱给自拍加滤镜的姑娘吧！在我心里，你就像我的姐妹，我们似乎也认识好久一样。

疫情是场大考，考验各行各业。你跟飞机上的医生们说：“今天你们是最可爱的人，我们是最荣幸的人。”这话我也想跟你说，你也是最可爱的人，有你在，我们也倍感荣幸！难道不是吗？有医生在，病人就踏实了；有你在，万千旅客就踏实了！如果我们每个人都立足本职、坚定前行，那咱们中国不就踏实了嘛！

最后，别怪我啰唆啊，还想再念叨、嘱咐几句。如果你即将出飞行任务，那么请你和姑娘们一定要互相提醒，做好防护。我戴口罩这几天，发现短时间佩戴还能忍受，时间一长就不大舒服，诸多不便。可我一想到你们要在万米高空上长时间佩戴口罩工作，要克服的困难可想而知！益华，我知道你们都是爱漂亮的人，这口罩戴久了，脸上、耳朵后头都会勒出很疼的印子，你疼我也疼，可是不管怎么样还是要坚持住！你们安全了，我们才能安心。让我们相约在摘下口罩的那一天，相互拥抱，一起开怀大笑！加油，益华！

最后，我还要祝福逆行的白衣天使，祝福在云端逆风的空乘天使，祝福所有奋战在岗位一线的女性们！

此致

敬礼！

颜丹晨

二〇二〇年二月

扫描二维码，听节目原声

## 新闻当事人

XINWEN DANGSHIREN

张益华

2020年1月28日（大年初四）上午11时46分，航班MU700载着137名甘肃援鄂医疗人员和8种95件825公斤医疗救护物品，从兰州起飞，紧急驰援武汉。在这个特殊的任务发布的时候，所有当时没有飞行任务的人都主动请缨。看着临行前抓紧时间和家人道别的战士们，乘务长张益华对记者说："在那一瞬间检查的时候，都特别不想打断他们，我跟他们讲，你们是最可爱的人，今天我们是最荣幸的人。"

注意到医务人员要经常洗手消毒，有的时候，皮肤上会裂开一个个口子，机组成员专门为他们准备了护手霜。"愿你们平安归来，我们接你们回家。"在飞机即将降落的时刻，张益华代表整个机组成员，对飞机上137名援鄂医生许下了诺言。

1月30日，在微博话题"空姐哽咽与援鄂医生约定"发布当天，超过了1500万的阅读量，所有网友都和张益华一样，共同祝愿医务人员，早日战胜疫情，一起平安归来。

# 视频连线实录

SHIPIN LIANXIAN SHILU

电影频道主持人、颜丹晨、乘务长张益华和张艳

**电影频道主持人**：乘务长好，丹晨老师好！

**颜丹晨**：金泽好。

**电影频道主持人**：这应该是第一次见面吧，互相打个招呼吧。

**颜丹晨**：你好你好，我是颜丹晨。

**张益华**：丹晨好，我是张益华。

**颜丹晨**：终于见着面了，特别开心。

**电影频道主持人**：之前我们播出的《两地书》节目中播出了丹晨老师给乘务长写的一封信，您有没有收到呢？

**张益华**：我收到了，非常感谢丹晨。

**电影频道主持人**：有没有在字里行间印象特别深刻的语言？

**张益华**：很多啊，感觉心里暖暖的。因为我们只是做了我们一个普通的工作。

**电影频道主持人**："在你们平安回家时，我们接你们回家"真的是戳中泪点，所以就想问一下，这么暖心的话当时是怎么想到的？

**张益华**：这也是我们非常优秀的团队，也是我们非常优秀的张艳执笔起草的。

**颜丹晨**：是叫张艳是吗？

**张益华**：是的。

**电影频道主持人**：你好，张艳乘务长。刚才我们还聊到那段戳人泪点的广播，当时这一段您是怎么想出来的？有感而发吗？

**张　艳**：这个广播主要也是我们在执行这个任务的时候，接到这个任务之后，大家心有所想吧。然后在准备的时候，也是机组和乘务长有这样的提议。我们能做到的最庄重的这种敬意的表达吧，就是我们在客舱里面做一个致敬的活动。广播词是由我准备的，我的熟悉程度更好一点，然后乘务长也把这个广播任务交给了我。

**颜丹晨**：哦……

**张　艳**：当时广播的时候也主要是……在那种情况下吧，都是女孩子嘛，这个情绪控制得也不是很好。按理说我们的广播要求是比

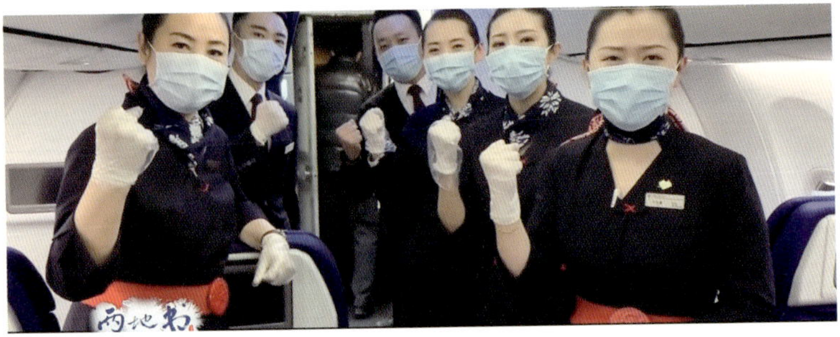

较平稳地比较热情地去广播，但是到后面广播的时候，就有点控制不住情绪了。如果按照我们平常的工作标准的话，是一个失误的广播。

**电影频道主持人：**但其实我觉得这是一种真情的流露。

**颜丹晨：**对，对，特别能够打动人心。

**电影频道主持人：**那接下来我想问一下丹晨老师，在这个写给张益华乘务长的信里面，还给她写了个人物小传，在未谋面的时候对乘务长的一个猜测性的描写。今天见到真人了，你感觉和你的猜想有什么出入吗，或者说有什么相同之处吗？

**颜丹晨：**我觉得跟我想象中的一样，真的是，因为乘务长嘛非常大方得体，而且无论是张益华乘务长也好，还是张艳乘务长也好，她们给人的感觉就是让你觉得，哎呀特别踏实，很有安全感的那种。尤其是她们的眼睛都是笑起来甜甜的，然后你就会觉得很温暖。

**电影频道主持人：**对！那今天就是见到了二位乘务长，有什么话亲口对她们说吗？我觉得是一个好机会。

颜丹晨：哎呀，呵呵 …… 你知道吗，其实我那个特别激动。因为她们的那段话不但是鼓舞了飞机上面的援鄂的那些医务人员，我觉得也让全国的老百姓都会觉得心里暖暖的，特别有力量，就像张艳乘务长说，她觉得她没有控制好自己的情绪，可能从职业上来说；但正是这种真情流露的东西，可能才能表达我们所有的人对医务工作者的那种心。所以，从这一点上来说，我要谢谢二位，谢谢你们帮我们表达了这份心意。

张　艳：不是说这个英雄要体现在多么伟大的事情上，我觉得就是在尽自己的能力能为整个事件做到自己应尽的一点义务的话，就是很骄傲的一件事情。

张益华：作为一个普通人，做了一件普通的事情，我为我们的团队，为我们的这份职业感到骄傲和自豪。

电影频道主持人：对。今天我们丹晨老师也在这里，我们也和乘务组做个约定好不好，等到他们凯旋的时候，我们接我们的空乘天使回家好不好。

颜丹晨：太好了，定好了金泽，咱们俩一块去接她们。

电影频道主持人：好的，没问题。所以说二位包括所有的乘务组、我们的空乘人员，一定要保护好自己，我们等你们凯旋。

张益华、张艳：加油，加油。

# 守护

## 刘佩琦：
## 居民需要你这样的老大哥
## ——致敬武汉基层干部

20

疫情暴发以来，少出门、少走动成为保护自身安全的手段。和武汉市江岸区航务社区的社区书记彭宏一样的基层干部们每天走街串巷，为了确保居民的安全，奔波在社区的各个角落。不仅在城市，农村防疫也是这次抗疫中非常关键的一环，各地村干部牺牲休息时间，坚守在疫情防控的第一线。疫情之下，正是这些基层干部的昼夜坚守，为人们垒起一道道“防护墙”，他们的义无反顾让城乡安心点亮万家灯火。

第5封信

时　间：2020年2月7日

发信人：刘佩琦

收信人：彭　宏——武汉市江岸区航务社区的社区书记

2月6日上午，中共中央政治局委员、国务院副总理孙春兰出席武汉肺炎疫情全面排查动员会，武汉市将举全市之力入户上门排查。其中，千千万万的基层干部便是身处一线的执行人员。彭宏带领的防疫小队每天奔波在社区各个角落，确保一家不漏、一人不少，平均每天工作十几个小时，是千万基层工作者的缩影。

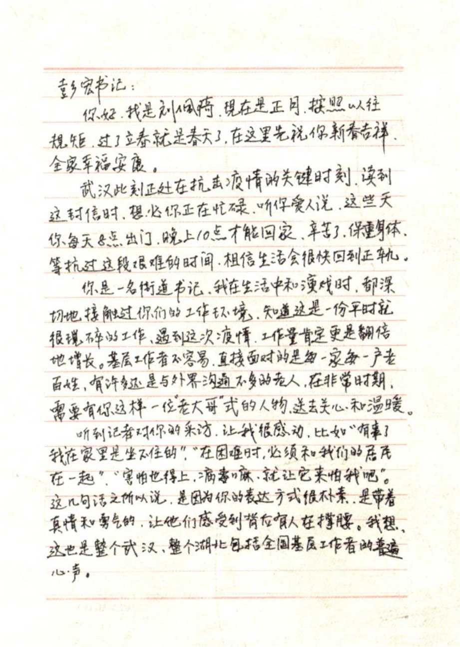

彭宏书记：

你好，我是刘佩琦，现在是正月，按照以往规矩，过了立春就是春天了，在这里先祝你新春吉祥，全家幸福安康。

武汉此刻正处在抗击疫情的关键时刻，读到这封信时，想必你正在忙碌，听你爱人说，这些天你每天8点出门，晚上10点才能回家，辛苦了，保重身体，等抗过这段艰难的时间，相信生活会很快回到正轨。

你是一名街道书记，我在生活中和演戏时，都深切地接触过你们的工作环境，知道这是一份平时就很琐碎的工作，遇到这次疫情，工作量肯定更是翻倍地增长。基层工作者不容易，直接面对的是每一家每一户老百姓，有许多还是与外界沟通不多的老人，在非常时期，需要有你这样一位“老大哥”式的人物，送去关心和温暖。

听到记者对你的采访，让我很感动，比如“有事了我在家里是坐不住的”，“在困难时，必须和我们的居民在一起”，“害怕也得上，病毒嘛，就让它来怕我吧”。这几句话之所以说，是因为你的表达方式很朴素，是带着真情和勇气的，让他们感受到背后有人在撑腰。我想，这也是整个武汉、整个湖北包括全国基层工作者的普遍心声。

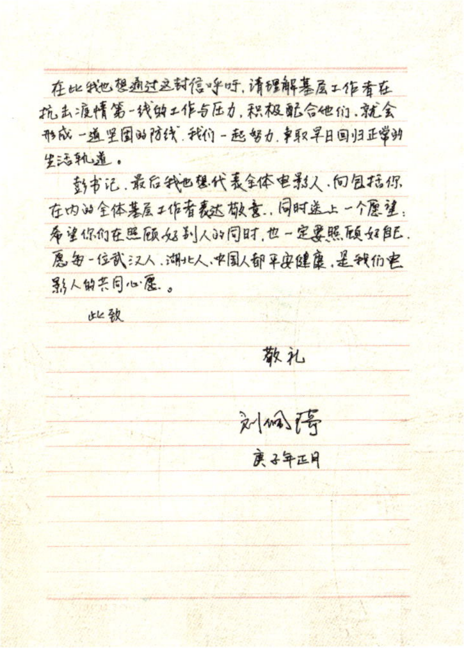

在此我也想通过这封信呼吁，请理解基层工作者在抗击疫情第一线的工作与压力，积极配合他们，就会形成一道坚固的防线，我们一起努力，争取早日回归正常的生活轨道。

彭书记，最后我也想代表全体电影人，向包括你在内的全体基层工作者表达敬意，同时送上一个愿望：希望你们在照顾好别人的同时，也一定要照顾好自己，愿每一位武汉人、湖北人、中国人都平安健康，是我们电影人的共同心愿。

此致

敬礼

刘佩琦

庚子年正月

书信手稿

# 居民需要你这样的老大哥

——致敬武汉基层干部

彭宏书记：

你好，我是刘佩琦，现在是正月，按照以往规矩，过了立春那就是春天了，在这里先祝你新春吉祥，全家幸福安康。

武汉此刻正处在抗击疫情的关键时刻，读到这封信时，想必你正在忙碌。听你爱人说，这些天你每天八点出门，晚上十点才能回家。辛苦了，保重身体，等扛过这段艰难的时间，相信生活会很快回到正轨。

你是一名街道书记，我在生活中和演戏时，都深切地接触过你的工作环境，知道这是一份平时就很琐碎的工作，遇到这次疫情，工作量肯定更是翻倍地增长。基层工作者不容易，直接面对的是每一家每一户老百姓，有许多还是与外界沟通不多的老人，在非常时期，需要有你这样一位“老大哥”式的人物，送去关心和温暖。

听到记者对你的采访，让我很感动，比如“有事了，我在家里是坐不住的”，“在困难时，必须和我们的居民在一起”，“害怕也得上，病毒嘛，就让它来怕我吧”。这几句话之所以说，是因为你的表达方式很朴素，是带着真情和勇气的，让他们感受到背后有人在撑腰。我想，这也是整个武汉整个湖北包括全国基层工作者的普遍心声。

在此，我也想通过这封信呼吁，请理解基层工作者在抗击疫情第一线的工作与压力，积极配合他们，就会形成一道坚固的防线，我们一起努力，争取早日回归正常的生活轨迹（道）。

彭宏书记，最后我也想代表全体电影人，向包括你在内的全体基层工作者表达敬意，同时送上一个愿望：希望你们在照顾好别人的同时，也一定要照顾好自己，愿每一位武汉人、湖北人、中国人都平安健康，是我们电影人的共同心愿。

此致

敬礼

刘佩琦

庚子年正月

扫描二维码，听节目原声

# 新闻当事人

XINWEN DANGSHIREN

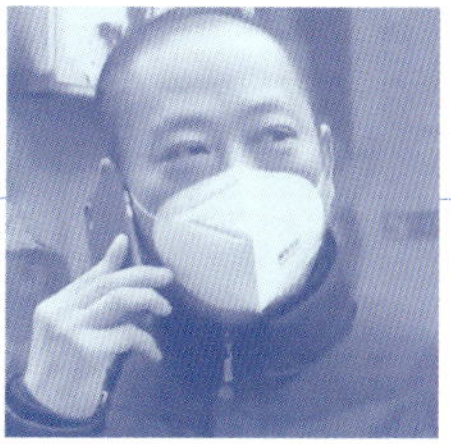

彭宏

“他就像个陀螺，不停地围着社区转。”武汉市有一位可爱的“陀螺书记”，他就是武汉市江岸区航务社区书记彭宏。

春节期间，彭宏始终坚守在社区，奋战在防控工作第一线。“自从封城以来，所有家庭恐慌情绪的舒缓、物资配备、人员排查、疑似症状人群隔离和知识宣传等都是我们的重点工作。”

近半个月以来，彭宏平均每天工作 14 个小时，在社区宣传防控知识，挨家挨户地排查。他带领的社区干部防疫小队，每天都奔忙在小区的各个角落，发传单，入户排查，发口罩，为生活不便家庭送菜送药…… 航务社区一共有居民 11094 人，他一家不漏，一人不少。

“对包括独居老人、残疾人士、特困家庭等特殊群体的关心，是重中之重。不能让他们的基本生活因为疫情而受到影响。”彭宏补充道，语气坚定。

这些天，彭宏的手机早已成了社区群众的热门求助电话，生活需要，防疫需求，通通找他，社区的微信群里也总能看见他关心和鼓励的话语。在社区的一位医务工作者被感染后，他当机立断对患者和家属进行了隔离，没有让疫情在自己的社区内扩散。关键时刻，彭宏就是社区群众的定心丸。

“说不害怕是假的，尤其之前缺少物资，我们只有一点口罩。现在我们护目镜有了，酒精有了，相关物资也都供应上来了，心态就好多了。”面对疫情，他连轴工作，过度劳累，但他始终告诉自己绝对不能倒下。因为，他所做的每一件“小事”，都是帮助居民共同抗疫的重要“武器”。

实际上，像彭宏书记这样的基层干部还有很多。天津体育学院科研党总支书记徐金陆作为一名援藏干部，今年本是回汉探亲，看到江岸区永清街道应急志愿者车队招募司机，立即报名承担发热病人的运送工作。武汉市江岸区应急管理局危化科负责人王勇，则在第一时间怀揣《请战书》请命下沉社区，协助社区做好人员登记、宣传工作。

在广大的农村，有拉条幅的，有拿喇叭喊话的。特别是河南辉县大占城村村支书李德平，凭借着自己有些“暴躁”的喊话风格，登上了微博热搜，阅读量超过 3 亿，网友称其为“有责任感的硬核书记”。

当万家灯火点亮，他们仍走街串巷，步履不停。他们是离普通百姓最近的平民英雄。

# 凝聚

陆川：

真相与责任面前，你们从未缺席

——致敬武汉前线媒体人

20

20

1月26日是武汉中心城区机动车禁行的首日。这一天，《长江日报》的摄影记者詹松，接到了一个特殊的直播任务。早上8点钟，他骑着电动车，沿着武汉街头一路到达了晴川桥，为观众直播武汉市区的实时状况。

詹松是土生土长的武汉人，在他的印象当中，家乡是那个十分热闹，特别有烟火气的城市。而当他看到自己曾经最熟悉的地方，如今像被按下了暂停键，他的心情难以言喻。在直播最后，当他看到往日里车水马龙的晴川桥上，一辆汽车也没有的时候，他再也抑制不住自己的情绪，数度哽咽。从直播发布到2月10日，该话题的阅读量已达两亿。而网友最多的评论就是："武汉会好的。"

第6封信

时　间：2020年2月10日

发信人：陆　川

收信人：詹　松——《长江日报》摄影记者

疫情在前，有这么一群人，他们同为灾难跟前的逆行者，他们同样背负着民众的期望，他们爱把社会民生放置于前，但总将自己“藏”在镜头之后。他们就是勇敢逆行的新闻工作者。1月26日，武汉中心城区机动车禁行的首日，《长江日报》摄影记者詹松接到了一个特殊的任务——直播武汉市区实时状况。从直播发布到2月10日，该话题的微博阅读量已达2亿。

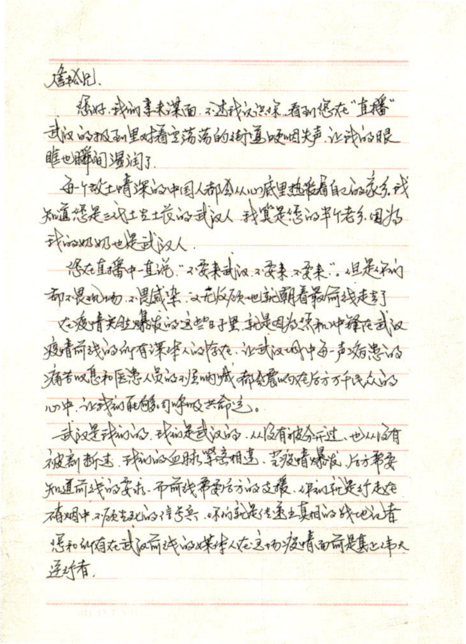

岩松兄：

您好，我们素未谋面，不过我认识您。看到您在"直播"武汉的报道里对着空荡荡的街道哽咽失声，让我的眼睛也瞬间湿润了。

每一个故土情深的中国人都会从心底里热爱着自己的家乡。我知道您是土生土长的武汉人，我算是您的半个老乡，因为我的奶奶也是武汉人。

您在直播中一直说："不要来武汉，不要来，不要来"。但是你们却不畏现场，不畏感染，义无反顾地朝着最前线走去了。

在疫情突然爆发的这些日子里，就是因为您和冲锋在武汉疫情前线的所有媒体人的存在，让武汉城中每一声病患的痛苦叹息和医护人员的呼喊，都会震响在后方千万民众的心中，让我们能够同呼吸共命运。

武汉是我们的，我们是武汉的，从没有被分开过，也从没有被割断过，我们的血脉紧密相连。当疫情爆发，后方需要知道前线的实况，而前线需要后方的支援，你们就是行走在硝烟中不顾生死的信号兵，你们就是传递真相的战地记者。您和所有在武汉前线的媒体人在这场疫情面前是真正伟大的逆行者。

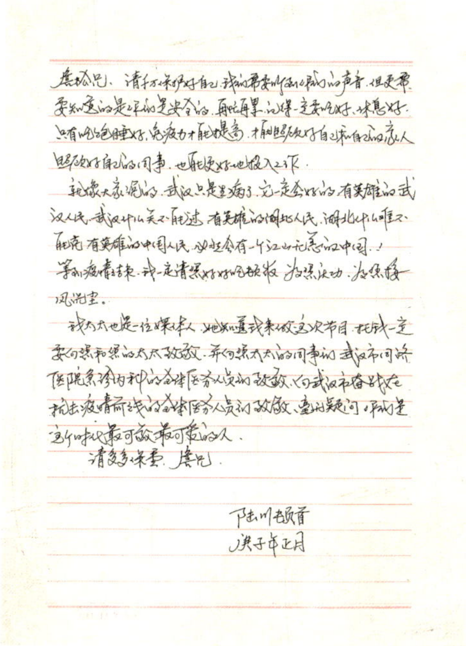

岩松兄，请千万保护好自己。我们需要听到你的声音，但更需要知道的是你们是安全的。再忙再累，记得一定要吃好、休息好。只有吃饱睡好，免疫力才能提高，才能照顾好自己和自己的家人，照顾好自己的同事，也能更好地投入工作。

就像大家说的，武汉只是生病了，它一定会好的。有英雄的武汉人民，武汉什么关都能过；有英雄的湖北人民，湖北什么难都能克；有英雄的中国人民，必将会有一个江山无恙的中国！

等到疫情结束，我一定请您好好吃顿饭，为您庆功，为您接风洗尘。

我太太也是一位媒体人，她知道我来做这次节目，托我一定要向您和您的太太致敬，并向您太太的同事们，武汉市同济医院急诊内科的全体医务人员们致敬，向武汉市奋战在抗击疫情前线的全体医务人员们致敬。毫无疑问，你们是这个时代最可敬最可爱的人。

请多多保重，岩兄。

陆川顿首

庚子年正月

书信手稿

# 真相与责任面前，你们从未缺席

——致敬武汉前线媒体人

詹松兄：

您好！

我们素未谋面，不过我认识您。看到您在“直播武汉”的报道里，对着空空荡荡的街道哽咽失声，让我的眼眶也瞬间湿润了。每一个故土情深的中国人都会从心底里热爱着自己的家乡。我知道您是三代土生土长的武汉人，我算是您的半个老乡，因为我的奶奶也是武汉人。

您在直播中一直说“不要来武汉，不要来，不要来”，但是你们却不畏现场，不畏感染，义无反顾地就朝着最前线就去了。

在疫情突然爆发的这些日子里，就是因为您和冲锋在武汉疫情前线的所有媒体人的存在，让武汉城中每一声病患的痛苦叹息和医护人员的不屈呐喊，都会震响在后方万千民众的心中，让我们能够同呼吸共命运。

武汉是我们的，我们是武汉的，从没有被分开过，也从没有被割断过，我们的血脉紧密相连。当疫情爆发，后方需要知道前方（线）的需求，而前线需要后方的支援。你们就是行走在硝烟中不顾生死的信号兵，你们就是传递出真相的战地记者。您和所有在武汉前线的媒体人在这场疫情面前是真正伟大的逆行者。

詹松兄，请千万保护好自己。我们需要听到你们的声音，但更需要知道的是你们是安全的。再忙再累，记得一定要吃好，休息好。只有吃饱睡好，免疫力才能提高，才能照顾好自己和自己的家人，照顾好自己的同事，也能更好地投入工作。

就像大家说的，武汉只是生病了，它一定会好的。有英雄的武汉人民，武汉什么关不能过！有英雄的湖北人民，湖北什么难不能克！有英雄的中国人民，必然会有一个江山无恙的中国！

等到疫情结束，我一定请您好好吃顿饭，为您庆功，为您接风洗尘。

我太太也是一位媒体人，她知道我来做这次节目，托我一定要向您和您的太太致敬，并向您太太的同事们——武汉市同济医院急诊内科的全体医务人员致敬，向武汉市奋战在抗击疫情前线的全体医务人员致敬。毫无疑问，你们是这个时代最可敬、最可爱的人。

请多多保重，詹兄。

陆川　顿首

庚子年正月

扫描二维码，听节目原声

# 新闻当事人

XINWEN DANGSHIREN

詹松

1月23日上午10时，武汉城市公交、地铁、轮渡、长途客运均暂停运营，机场、火车站离汉通道亦暂时关闭。当绝大多数武汉市民选择留在家中之时，詹松和他的妻子毅然走出了家门。

詹松是武汉市摄影记者，三代土生土长本地人，妻子则为抗疫一线护士。奋战前线，对他们夫妻俩来说，就是四个字——义不容辞。

次日早，夫妻俩便把女儿送到父母处。

“我特意把女儿喊醒，要妻子与女儿告别，因为今天过后，我和妻子将与女儿和家中老人分开居住，再见面可能要很久了。”詹松在《长江日报》上发表的《手记｜“一起加油！”记者老公和护士老婆的春节》一文中如是记载。

1月26日，詹松接到了直播的重要任务。早上8点钟，他骑着电动车，沿着武汉街头一路到达了晴川桥，为观众直播武汉市区的实时状况。

詹松是土生土长的武汉人，在他的印象当中，家乡永远是那座十分热闹的、颇有烟火气的城市。

而在直播的最后，当他看到往日里车水马龙的晴川桥上，如今一辆汽车也没有，他再也抑制不住自己的情绪，百感交集，数度哽咽。

“现在是早上的9点钟，武汉这时候应该是车水马龙的，而现在我的武汉没有跑车（行驶的汽车）。武汉快点好起来，快点好起来。武汉加油！武汉加油！武汉加油！”

直播中一遍遍的“武汉快点好起来”“武汉加油”，看得人热泪盈眶。

微博话题“武汉记者直播中数度哽咽”阅读量高达2亿，人们纷纷在评论中倾诉着自己对武汉这座城市同样的支持与爱。截至2月10日下午6点，该直播片段观看量达3290万次。

疫情发生之后，武汉成为了全国乃至全球新闻的焦点，而各位媒体工作者的镜头就是观众的眼睛。作为武汉这座城市的一员，詹松并不孤独；作为一名勇敢的媒体工作者，詹松同样有着无数“战友”。据2月4日《新闻联播》报道，中央宣传部已经调集300多名记者于日前奔赴湖北武汉等地，继续为我们带来最及时的疫情信息，捕捉那些感人的故事。

新闻镜头下的媒体工作者，带着口罩，步履匆匆。而他们中的大多

数，更是站在镜头之后。他们没有名字，却给我们带来无数故事；他们奔走一线，永远身处最危险的前方；他们不顾艰辛，所见所感一一与读者或观众分享。只因为他们知道，媒体工作者的使命是让真相被人们看到，让力量凝聚一体，让温暖得以抵达。

# 昂扬

20

## 蓝羽：
## 没有人生来勇敢，只因为担当需要
## ——致敬“90后”最美逆行者

为了阻击新冠肺炎疫情的蔓延，很多“最美逆行者”从全国各地，奔赴一线，支援武汉。这其中，更有很多年轻人的身影，有一位1996年出生的女孩，她的名字叫甘如意。她是武汉市江夏区金口中心卫生院范湖分院的一名检验技师，疫情初发时，她休假回老家。当这位24岁的姑娘得知自己所在科室的同事已为防疫工作撑了十几天时，她决定一个人骑行从家返回武汉的工作岗位。受疫情影响，武汉实施了进出人员管控，公共交通全部停运。1月31日上午，甘如意从荆州市公安县斑竹垱镇杨家码头村出发，硬是靠手机导航，骑自行车、搭顺风车，历经四天三夜的时间，跨越三百多公里，在2月3日晚到达了她所工作的医院，赶回了战疫一线。

第7封信

时　间：2020年2月11日

发信人：蓝　羽

收信人：甘如意——武汉市江夏区金口中心卫生院范湖分院医生

曾经的他们，是大家眼中娇生惯养的新一代，更是照顾不好自己的一帮小孩。如今的他们，穿上了白大褂、警服、快递服，成为一群勇敢而坚定的逆行者。他们都有个共同的名字，叫“90后”。1996年出生的甘如意，骑行四天三夜终抵达武汉，只为履行一名医生的职责。

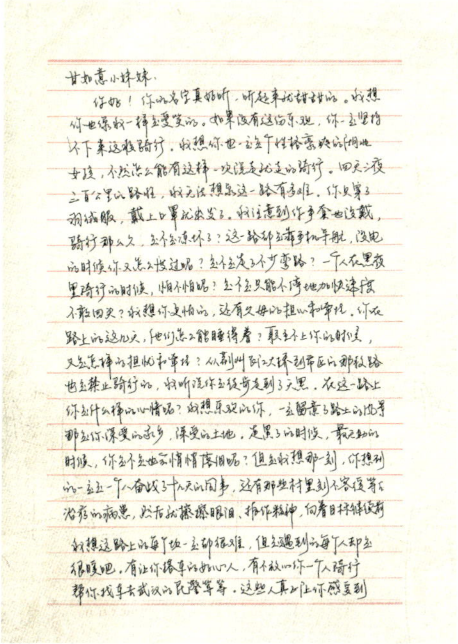

甘如意小妹妹：

你好！你的名字真好听，听起来就甜甜的。我想你也像我一样是爱笑的。如果没有这份乐观，你一定坚持不下来这段骑行。我想你也一定是个性格豪爽的湖北女孩，不然怎么能有这样一次说走就走的骑行。四天三夜三百公里的路程，我无法想象这一路有多难。你只穿了羽绒服，戴上口罩就出发了。我注意到你手套也没戴，骑行那么久，是不是冻坏了？这一路都是靠手机导航，没电的时候你又怎么找过路呢？是不是走了不少弯路？一个人在黑夜里骑行的时候，怕不怕呢？是不是只能不停地加快速度不敢回头？我想你是怕的，还有父母的担心和牵挂。你在路上的这几天，他们怎么能睡得着？联系不上你的时候，又是怎样的担忧和牵挂？从荆州长江大桥到市区的那段路也是禁止骑行的，我听说你是徒步走到了天黑。在这一路上你是什么样的心情呢？我想原路的你，一定留意了路上的风景，那是你深爱的家乡，深爱的土地。走累了的时候，最无助的时候，你是不是也会悄悄落泪呢？但是我想那一刻，你想到的一定是一个人奋战了十几天的同事，还有那些村里刻不容缓等待治疗的病患，然后就擦擦眼泪、振作精神，向着目标继续前

我想这路上的每个坡一定都很难，但是遇到的每个人都是很暖吧。有让你搭车的好心人，有不放心你一个人骑行帮你找车去武汉的民警等等。这些人真正让你感受到

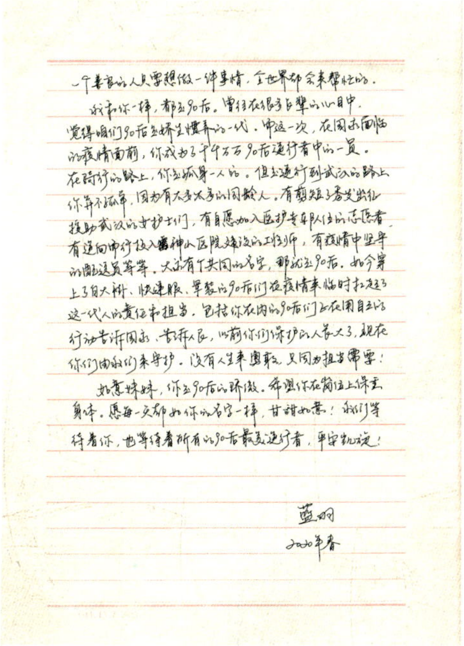

一个善良的人只要想做一件事情，全世界都会来帮忙的。

我和你一样，都是90后。曾经在很多长辈的心目中，觉得咱们90后是娇生惯养的一代。而这一次，在国家面临的疫情面前，你成为了千千万万90后逆行者中的一员。在骑行的路上，你是孤身一人的。但是逆行到武汉的路上你并不孤单，因为有太多太多的同龄人。有剪短了秀发出征援助武汉的女护士们，有自愿加入医护专家队伍的志愿者，有逆向而行投入雷神山医院建设的工程师，有疫情中坚守的配送员等等。大家有个共同的名字，那就是90后。如今穿上了白大褂、快递服、军装的90后们在疫情来临时扛起了这一代人的责任和担当。包括你在内的90后们正在用自己的行动告诉国家、告诉人民，以前你们保护的人长大了，现在你们由我们来守护。没有人生来勇敢，只因为担当需要！

如意妹妹，你是90后的骄傲。希望你在岗位上保重身体。愿每一天都如你的名字一样，甘甜如意！我们等待着你，也等待着所有的90后最美逆行者，平安凯旋！

蓝明

2020年春

书信手稿

# 没有人生来勇敢，只因为担当需要

——致敬“90后”最美逆行者

甘如意小妹妹：

你好！

你的名字真好听，听起来就甜甜的，我想你也像我一样是爱笑的。如果没有这份乐观的话，你一定坚持不下来这段骑行。我想你也一定是个性格豪爽的湖北女孩吧，不然怎么能有这样一次说走就走的逆行呢？

四天三夜，300公里的路程，我无法想象这一路有多难。当时你只穿了羽绒服戴上口罩就出发了，我注意到你连手套也没戴，骑行那么久，是不是冻坏了？这一路都是靠手机导航的，那没电的时候你又怎么度过呢？是不是走了不少弯路啊？一个人在黑夜里骑行的时候怕不怕呢？是不是只能不停地加快速度，不敢回头？我想你更怕的还有来自父母的担心和牵挂，你在路上的这几天，他们又怎么能睡得着呢，联系不上你的时候他们又是怎样地担忧和牵挂！

从荆州长江大桥到市区的那段路是禁止骑行的，我听说你是徒步走到了天黑。我就在想，这一路上，你会是什么样的心情呢？但是我想，乐观的你一定留意了路上的风景，那是你深爱的家乡、深爱的土地。走累了的时候，最无助的时候，你是不是也会悄悄地落泪呢？但是，我想那一刻，你想到的一定是一个人奋战了十几天的同事，还有那些村里刻不容缓等待治疗的病患，然后就擦擦眼泪，振作精神，向着目标继续前进吧。

我想在这路上，每个坎一定都很难，但是遇到的每个人却是很暖吧。有让你搭车的好心人，有不放心你一个人骑行帮你找车去武汉的民警，等等。我想这些人，真正地让你感受到，一个善良的人只要想做一件事情，全世界都会来帮忙的。

我和你一样都是“90后”，曾经在很多长辈的心目中，觉得咱们“90后”是娇生惯养的一代。而这一次，在国家面临的疫情面前，你成为了千千万万“90后”逆行者中的一员。

在骑行的路上你是孤身一人的，但是逆行到武汉的路上，你并不孤单，因为有太多太多的同龄人。有剪短了秀发出征援助武汉的女护士们，有自愿加入“医护专车”队伍的公益志愿者，有逆向而行投入雷神山医院建设的工程师，有疫情中坚守的配送员，等等。而大家有个共同的名字，那就是“90后”。

那些曾经佩戴着红领巾的“90后”，如今穿上了白大褂、快递服、军装。在疫情来临时，我们这一代人，扛起了一份责任和担当。包括你，如意妹妹在内的“90后”们，正在用自己的行动告诉国家，告诉人民，以前你们保护的人长大了，现在你们由我们来守护。没有人生来勇敢，只因为担当需要！

如意妹妹，你是“90后”的骄傲！希望你在岗位上保重身体，愿每一天都如你的名字一样甘甜如意！我们等待着你，也等待着所有的“90后”最美逆行者，凯旋！

蓝羽

二〇二〇年春

扫描二维码，听节目原声

设计者：李瑾——"我们在一起"2020抗击"新型冠状病毒"全球招贴设计公益征集活动

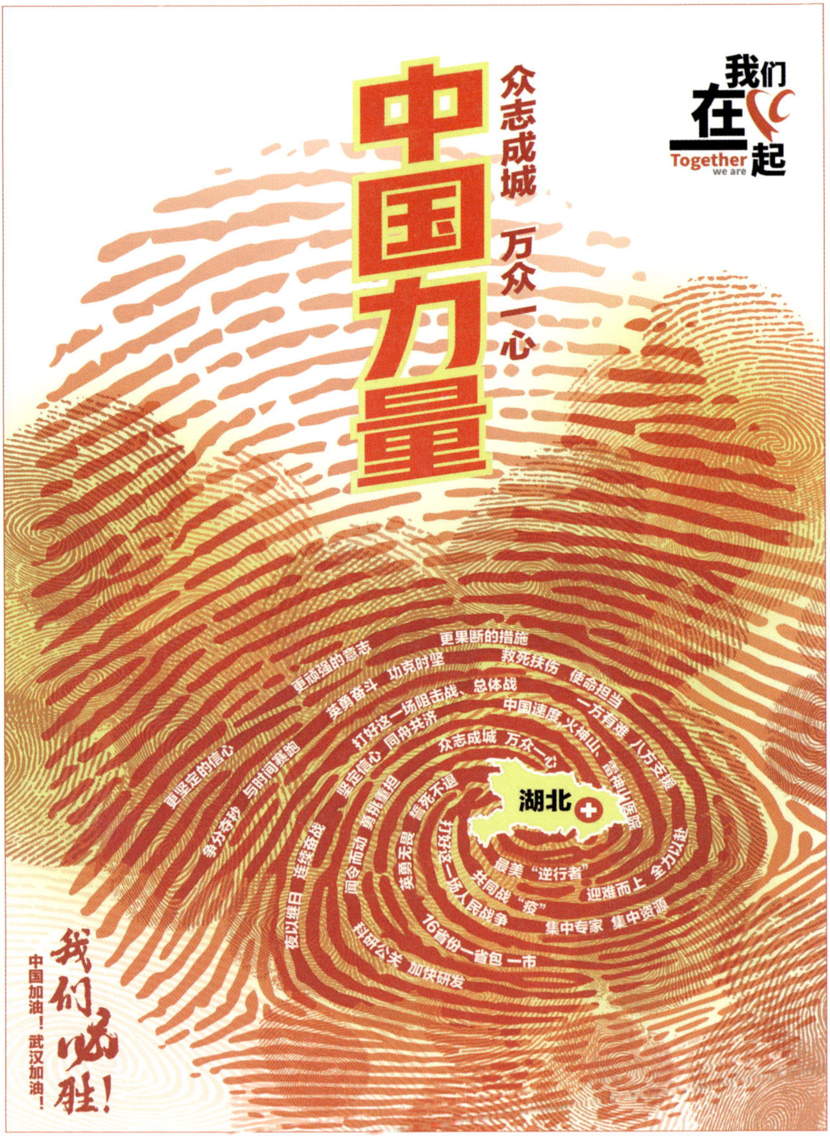

# 新闻当事人

XINWEN DANGSHIREN

甘如意

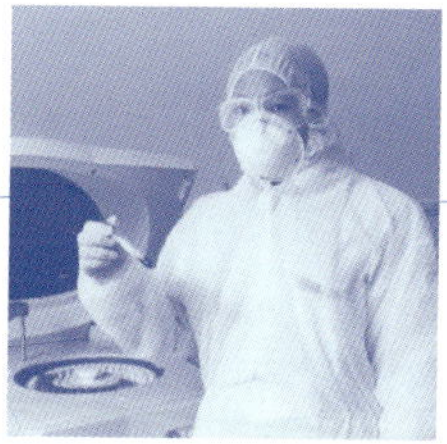

2020 年 1 月 23 日（农历腊月二十九），因受新型冠状病毒感染肺炎疫情影响，武汉疫情防控指挥部宣布实施进出人员管控。在距离武汉三百多公里外的荆州市公安县斑竹垱镇杨家码头村已经回家过年的“90后”女孩甘如意，密切地关注着新闻和单位工作群的情况，每天早上起来都会看疫情播报情况，（她）想着初三的时候就回来（武汉）的。她在采访中说：“病人和同事都需要我。因为我们科室人员只有两个，另一个同事已经五十七八岁了，为了帮她缓解工作压力，或者是她有什么事情的话，可以有一个照应。”

甘如意把返回武汉的想法告诉了父母，父母虽然很担心，但商量过后，还是觉得应该支持她这么做。于是开了家庭会议，开始想过叫一辆附近的车，求助了之后，别人出于各种方面的考虑，没有成行。甘如意自己到县里考察了路况，通过电视了解了返程所需要的流程，然后和自己的单位武汉市江夏区金口中心卫生院取得联系，开具了医院的返岗证明。

从老家到武汉的这段路程，甘如意平时主要乘坐高铁或者动车以及长途汽车，但非常时期，乘坐这些交通工具已经不现实。思前想后，决定骑自行车返回武汉。在被记者问到“有那么多条件可以不回，为什么还要走呢”时，她朴实地说：“还是想尽快地回到工作岗位上面，能和医院的同事一起，我觉得心里会很安心。”

1月31日，甘如意带着饼干、坚果和几个橘子，在公安县斑竹垱镇办理了临时通行证，临时通行证上车牌号一栏写着“自行车”，通行事由是“到武汉江夏区金口中心卫生院上班”。拿着临时通行证的甘如意，骑着自行车出发了。父亲不放心，坚决要陪她到县城。在公安县城，父亲和甘如意在远方亲戚家借住一晚。2月1日上午，甘如意在公安县疾控中心拿到了县级通行证，她拒绝了父亲再送一程的建议，独自一人骑自行车往武汉进发。下午1点左右，到达荆州长江大桥，桥上的工作人员告诉她暂时不让自行车通行，她便把自行车放在了一家副食店门口，从荆州长江大桥走到荆州城区。好心人想办法帮她找了一个小旅馆住下，甘如意吃了一桶泡面就休息了。

2月2日一大早，她又上路了，由于没了自行车，她拦了十几辆出租车，但因为荆州也实施交通管控，出租车不能出城，尤其是去武汉方向。出租车把她放到了沙市区，甘如意找到一辆共享单车，按照导航，从沙市到潜江需要骑行8个小时，24岁的甘如意崩溃地掉下了眼泪。她说以前从没有过这样的经历，在第一天骑行的过程中，就有一点不想动了的感觉，在被记者问到“能不能后退”时，她说：“不能后退，我回来的决心是很坚定的。如果我后退了，我觉得这是不可原谅的。”依靠手机导航，她骑着共享单车，沿318国道向武汉方向行驶，路上有不少汽车，骑车的只有她一个。一路有雨，羽绒服早被淋湿，天黑了，她就打开手机上的手电筒继续骑行。在加油站吃些泡面和零食，骑行中累了就下来走一截，喝一点水，吃一点东西继续。在骑行中，她选择走大路，每到岔路口，她都会非常谨慎，靠手机和一些路标、标识之类的分

辨方向，即便这样，有好几次都差点走了冤枉路。

2 月 2 日晚上 8 点到了潜江，她先把通行证明、身份证拿出来给警察看。警察感动地说“小姑娘很不容易，让人很佩服”。在潜江，热心的民警帮甘如意找到了一家旅馆，并给她买了些吃的，嘱咐她好好休息，第二天想办法帮她到武汉去。第二天，警察把甘如意带到到高速路口，拦了一辆往汉口方向送血的车。路上，司机问她到了汉阳之后怎么办。她考虑到送血的要到各个地方转的，怕有急的事情，就没有麻烦司机，而是选择搭顺风车，到达武汉市汉阳区后，甘如意下车后找了一辆共享单车，靠手机导航继续骑行了六个小时，终于到达了武汉市江夏区金口中心卫生院范湖分院。2 月 3 日晚上 8 点多，甘如意在朋友圈报了平安。第二天早上，甘如意回到工作岗位，投入抗疫工作中。

# 盼望

20

瑶森：

一起努力把怪兽打跑

——给抗疫人员子女写信

20

网上的一幅画感动了数万网友，这幅画上，画着一位包裹得严实的医护人员，防护服的左胸上写着“MAMA”，戴着手套的右手竖起了大拇指。这幅画来自一个十岁的小女孩笑笑，而这幅画上的主人公，就是笑笑的妈妈王芳，她是山西省中医院供应室护士长，也是山西省首批援鄂医疗队的成员，目前正在一线与疫情搏斗。懂事的女儿笑笑，为了不让妈妈担心自己，在那边安心地工作，她特别画了一幅画，还附上了几行童诗。这首诗不仅感动了笑笑的妈妈，也感动了许多网友，有网友留言道：“多可爱的孩子，多可敬的妈妈。”像笑笑这样的孩子还有很多，而正是这些孩子的懂事和坚强，才让他们的父母可以在抗击疫情的道路上走得更加踏实与坚定。

第8封信

时　间：2020年2月12日

发信人：瑶　淼

收信人：王潇婉——山西援鄂医疗队成员王芳女儿

妈妈援鄂抗疫，女儿手绘祝福。1 月 30 日，十岁的笑笑画下一幅画，送给她的妈妈 —— 援鄂医疗队队员王芳。像笑笑这样的孩子有很多，他们给了父母最大的安慰和支持，也是我们的小英雄。

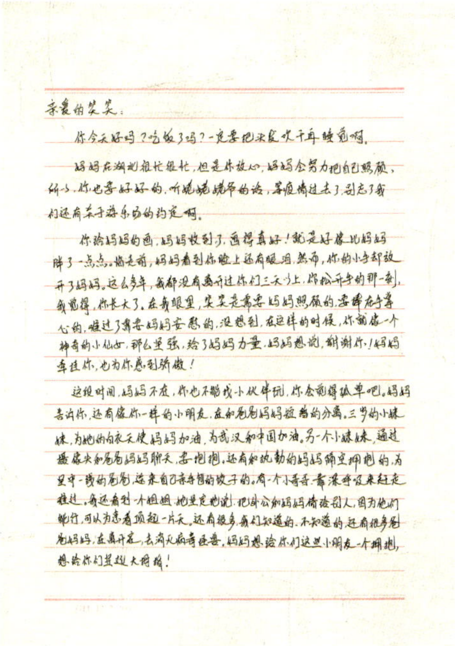

亲爱的笑笑：

你今天好吗？吃饭了吗？一定要把头发吹干再睡觉啊。

妈妈在湖北很忙很忙，但是你放心，妈妈会努力把自己照顾，所以，你也要好好的，听姥姥姥爷的话，等疫情过去了，别忘了我们还有去游乐场的约定啊。

你给妈妈的画，妈妈收到了，画得真好！就是好像比妈妈胖了一点点。临走前，妈妈看到你脸上还有眼泪，然而，你的小手却放开了妈妈。这么多年，我都没有离开过你们三天以上，你松开手的那一刻，我觉得，你长大了。在我眼里，笑笑是需要妈妈照顾的，要捧在手掌心的，难过了需要妈妈安慰的，没想到，在这样的时候，你就像一个神奇的小仙女，那么坚强，给了妈妈力量。妈妈想说，谢谢你！妈妈牵挂你，也为你感到骄傲！

这段时间，妈妈不在，你也不能找小伙伴玩，你会觉得孤单吧。妈妈告诉你，还有像你一样的小朋友，在和爸爸妈妈短暂的分离。三岁的小妹妹，为她的白衣天使妈妈加油，为武汉和中国加油。另一个小妹妹，通过摄像头和爸爸妈妈聊天，要抱抱。还有和执勤的妈妈隔空拥抱的，为坚守一线的爸爸送来自己亲手包的饺子的。有一个小哥哥，靠深呼吸来赶走难过。我还看到一个姐姐，她坚定地说，把外公和妈妈借给别人，因为他们能行，可以为患者顶起一片天。还有很多我们知道的、不知道的，还有很多爸爸妈妈，在离开家，去消灭病毒怪兽。妈妈想给你们这些小朋友一个拥抱，想给你们竖起大拇指！

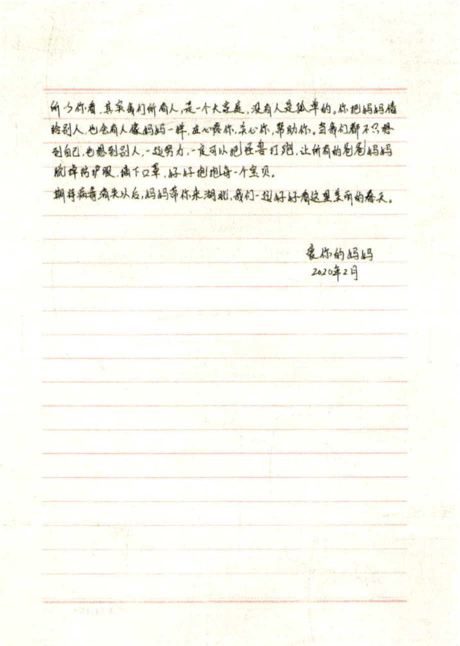

所以你看，其实我们所有人，是一个大家庭，没有人是孤单的。你把妈妈借给别人，也会有人像妈妈一样，在心疼你，关心你，帮助你。当我们都不只想到自己，也想到别人，一起努力，一定可以把怪兽打跑，让所有的爸爸妈妈脱掉防护服，摘下口罩，好好抱抱每一个宝贝。

期待病毒消失以后，妈妈带你来湖北，我们一起好好看这里美丽的春天。

爱你的妈妈

2020年2月

书信手稿

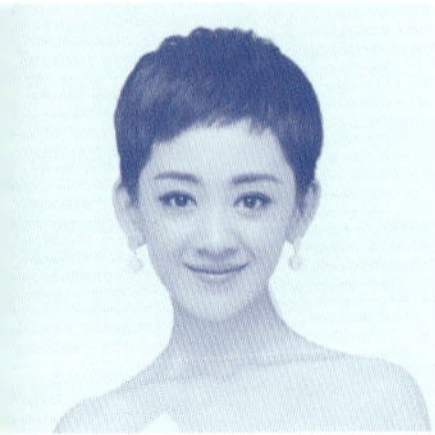

# 一起努力把怪兽打跑

——给抗疫人员子女写信

笑笑，你好，阿姨有一个和你一样大的女儿，看到你和你妈妈的故事，阿姨特别感动。我知道你妈妈现在一定很忙，她没有办法抽出时间来给你写信，那今天就让阿姨把你当成自己的女儿，给你写一封信吧。

亲爱的笑笑：

你今天好吗？吃饭了吗？一定要把头发吹干再睡觉啊。

妈妈在湖北很忙很忙，但是你放心，妈妈会努力把自己照顾好。所以，你也要好好的，听姥姥、姥爷的话，等疫情过去了，别忘了我们还有关于游乐场的约定啊。

你给妈妈的画，妈妈收到了，画得真好！就是好像比妈妈胖了一点点。临走前，妈妈看到你脸上还有眼泪，然而，你的小手却放开了妈妈。这么多年，我都没有离开过你们三天以上，你松开手的那一刻，我觉得，你长大了。在我眼里，笑笑是需要妈妈照顾的，需要被捧在手掌心里的，难过了是需要妈妈来安慰的。没想到，在这样的时候，你就像一个神奇的小仙女，那么坚强，给了妈妈力量。妈妈想对你说，谢谢你！妈妈牵挂你，也为你感到骄傲！

这段时间，妈妈不在，你也不能找小伙伴玩，你会觉得孤单吧。妈妈想告诉你，还有像你一样的小朋友，在和爸爸妈妈短暂地分离。有一个小妹妹，为她的白衣天使妈妈加油，为武汉和中国加油。另一个小妹妹，通过摄像头和爸爸妈妈聊天，要抱抱。还有和执勤的妈妈隔空拥抱的，为坚守一线的爸爸送来自己亲手包的饺子的。有一个小哥哥，靠深呼吸来赶走难过。我还看到一个姐姐，她坚定地说，把外公和妈妈借给别人，因为他们能行，可以为患者顶起一片天。还有很多，我们知道的、不知道的，还有很多爸爸妈妈，在离开家，去消灭病毒怪兽。妈妈想给你们这些小朋友一个拥抱，想给你们竖起大拇指！

所以你看，其实我们所有人，是一个大家庭，没有人是孤单的。你把妈妈借给别人，也会有人像妈妈一样，在心疼你，关心你，帮助你。当我们都不只想到自己，也想到别人，一起努力，一定可以把怪兽打跑，让所有的爸爸妈妈脱掉防护服，摘掉口罩，好好地抱一抱每一个宝贝。

期待着病毒消失以后，妈妈带你来湖北，我们一起好好看看这里美丽的春天。

爱你的妈妈

二〇二〇年二月

扫描二维码，听节目原声

# 新闻当事人

XINWEN DANGSHIREN

王潇婉

王芳是山西省中医院供应室护士长，也是山西省首批援鄂医疗队的成员。1 月 30 日，是她抵达湖北的第四天。这一天，正在湖北省仙桃市与疫情搏斗的王芳收到了一份无比珍贵的礼物。这份特别的礼物是一幅手绘，来自她可爱的女儿——笑笑（王潇婉）。

笑笑今年十岁，给妈妈的这幅画上，画着一位包裹严实的医护人员，她的防护服的左胸上写着“MAMA”，而戴着手套的右手正竖起大拇指。画作的右侧附上了几行童诗：

妈妈，我想你，
但是我不哭。
大姨说你是英雄，
英雄的女儿不能哭。
我知道你也许在救别人的妈妈，
那么我只希望，
让所有人的妈妈都能平安回家。

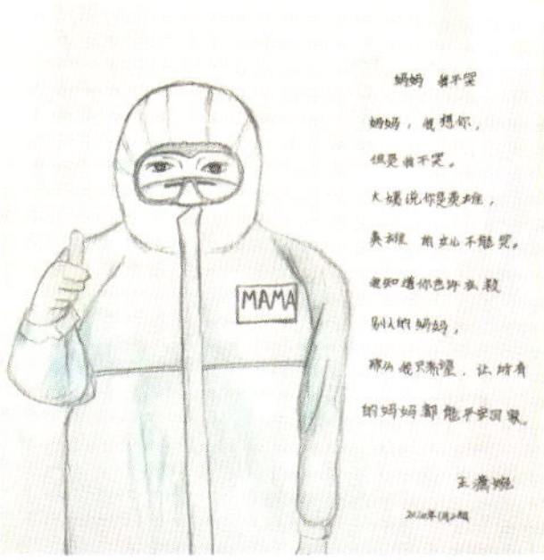


王芳知道，女儿画的是她发回家报平安的照片。

在本来应该阖家团圆的春节，因为这项守护生命的重任，王芳没有办法好好在家陪伴女儿了，正月初三就奔赴了湖北抗疫一线。懂事的女儿笑笑，为了不让妈妈担心自己，一心一意在那边安心工作，特别画了这样一幅画送给妈妈。

“来湖北仙桃已经第四天了，时间过得又快又长。说快是因为太忙，命令一个接着一个，任务一件连着一件；说长是因为离家这么远，这么久，对家里的牵挂还是一直在心上。到现在我都无法忘记，甚至一辈子都不会忘记，庚子年的除夕，在接到出征命令的那一刻，妈妈整整哭了

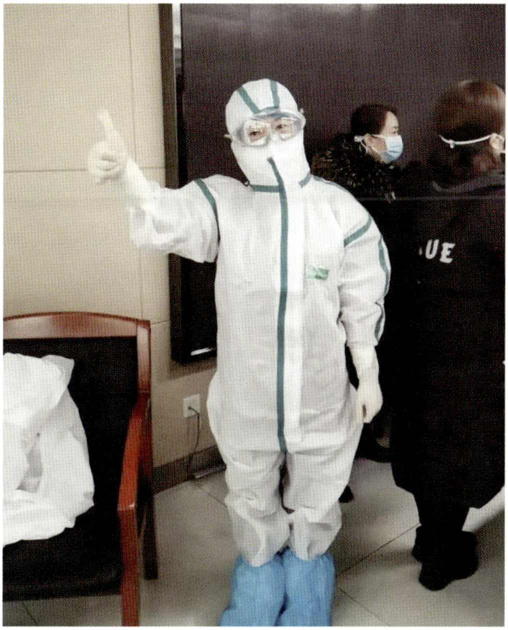

一夜，女儿笑笑也整整哭了一夜。”

当天忙完工作，已是深夜。王芳在随身带的日记本里写下了这样的文字。笑笑的画作，成为她最大的动力和勇气，支持着她继续为生命而战斗。

“多可爱的孩子，多可敬的妈妈”，网友纷纷为母女俩点赞。齐心协力地抗疫故事里，像笑笑这样的孩子还有很多，是他们的懂事和坚强，成为他们父母最最强大的铠甲，让他们的父母可以在抗击疫情的道路上走得更加踏实与坚定。

# 20

大鹏：

救死扶伤已经成了生活的习惯

—— 致敬一线医护人员

20

在全国上下众志成城抗击疫情的关键时期，医务人员是冲锋在最前线的那群人，是他们的存在，让我们对战胜病毒信心百倍。由于每天近距离接触患者，即便再严密的防护也有百密一疏的时候，武汉大学中南医院急救中心的护士郭琴 1 月 22 日不幸感染。在经过隔离救治后，康复后的她面对越来越严峻的疫情，不顾家人和同事的劝阻，在 1 月 28 日，重新回到了自己的岗位上。抱着必胜信念重返一线的还有武汉大学人民医院的余昌平医生，感染后，他将自己的感受和治疗过程通过视频与网友分享，鼓励大家积极战胜病毒。在镜头前经常说些俏皮话的余医生，让人们感受到了生命的坚韧和乐观的力量。

第9封信

时　间：2020年2月13日

发信人：大　鹏

收信人：郭　琴——武汉大学中南医院护士

　　　　余昌平——武汉大学人民医院医生

在这场疫情防控阻击战中，医护人员永远是那群冲锋在最前线的战士。而他们在给予大众战胜病毒信心的同时，自身却面对着巨大的感染风险。守土有责，治病救人；无畏磨难，仁心不屈。治愈次日，郭琴护士火线重返病房一线；乐观康复，余昌平医生病中仍科普防疫。

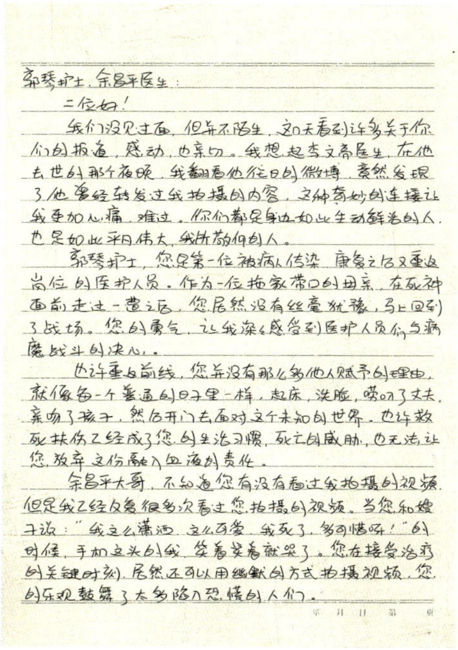
郭琴护士，余昌平医生：

二位好！

我们没见过面，但并不陌生，这几天看到许多关于你们的报道，感动，也亲切。我想起李文亮医生，在他去世的那个夜晚，我翻看他往日的微博，竟然发现了他曾经转发过我拍摄的内容，这种奇妙的连接让我更加心痛，难过。你们都是身边如此生动鲜活的人，也是如此平凡伟大，我所敬仰的人。

郭琴护士，您是第一位被病人传染，康复之后又重返岗位的医护人员。作为一位拖家带口的母亲，在死神面前走过一遭之后，您居然没有丝毫犹豫，马上回到了战场。您的勇气，让我深深感受到医护人员们与病魔战斗的决心。

也许重返前线，您并没有那么多他人赋予的理由，就像每一个普通的日子里一样，起床，洗脸，唠叨了丈夫，亲吻了孩子，然后开门去面对这个未知的世界。也许救死扶伤已经成了您的生活习惯，死亡的威胁，也无法让您放弃这份融入血液的责任。

余昌平大哥，不知道您有没有看过我拍摄的视频，但是我已经反复很多次看过您拍摄的视频。当您和嫂子说："我这么潇洒，这么可爱，我死了，多可惜呀！"的时候，手机这头的我，笑着笑着就哭了。您在接受治疗的关键时刻，居然还可以用幽默的方式拍摄视频，您的乐观鼓舞了太多陷入恐慌的人们。

年　月　日　第　页

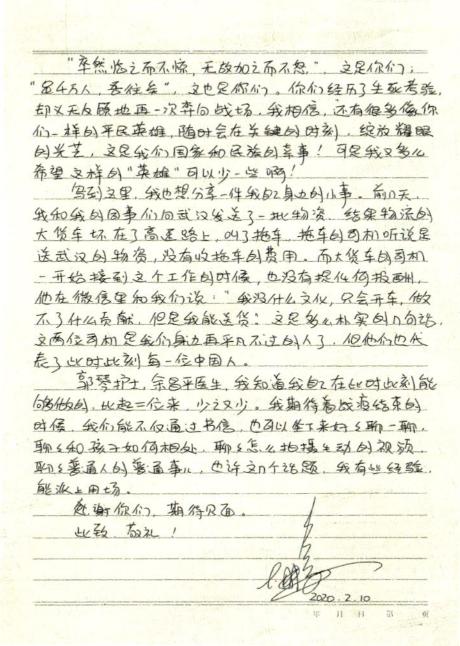
"卒然临之而不惊，无故加之而不怒"，这是你们；"虽千万人，吾往矣"，这也是你们。你们经历了生死考验，却义无反顾地再一次奔向战场。我相信，还有很多像你们一样的平民英雄，随时会在关键的时刻，绽放耀眼的光芒，这是我们国家和民族的幸事！可是我又多么希望这样的"英雄"可以少一些啊！

写到这里，我也想分享一件我自己身边的小事。前几天，我和我的同事们向武汉发送了一批物资，结果物流的大货车坏在了高速路上，叫了拖车，拖车的司机听说是送武汉的物资，没有收拖车的费用。而大货车的司机一开始接到这个工作的时候，也没有提任何报酬，他在微信里和我们说："我没什么文化，只会开车，做不了什么贡献，但是我能送货。"这是多么朴实的几句话，这两位司机是我们身边再平凡不过的人了，但他们也代表了此时此刻每一位中国人。

郭琴护士，余昌平医生，我知道我自己在此时此刻能够做的，比起二位来，少之又少。我期待着战疫结束的时候，我们能不仅通过书信，也可以坐下来好好聊一聊，聊聊和孩子如何相处，聊聊怎么拍摄生动的视频，聊聊普通人的普通事儿，也许这几个话题，我有些经验，能派上用场。

感谢你们，期待见面。

此致，敬礼！

2020.2.10

年　月　日　第　页

书信手稿

# 救死扶伤已经成了生活的习惯

——致敬一线医护人员

郭琴护士、余昌平医生：

二位好！

我们没见过面，但并不陌生，这几天看到许多关于你们的新闻报道，感动，也亲切。我想起李文亮医生，在他去世的那个夜晚，我翻看他往日的微博，竟然发现了他曾经转发过我拍摄的内容，这种奇妙的连接，让我更加心痛、难过。你们都是身边如此生动鲜活的人，也是如此平凡伟大、我所敬仰的人。

郭琴护士，您是第一个被病人传染、康复之后又重返岗位的医护人员。作为一位拖家带口的母亲，在死神面前走过一遭之后，您居然没有丝毫犹豫，马上回到了战场。您的勇气，让我深深感受到医护人员们与病魔战斗的决心。

也许重返前线，您并没有那么多他人赋予的理由，就像每一个普通的日子里一样，起床，洗脸，唠叨了丈夫，亲吻了孩子，然后开门，去面对这个未知的世界。也许救死扶伤已经成了您生活的习惯，而死亡的威胁也无法让您放弃这份融入血液的责任。

余昌平大哥，不知道您有没有看过我拍摄的视频，但是我已经反复多次看了您拍摄的视频。当您和嫂子说“我这么潇洒、这么可爱，我死了多可惜啊”的时候，手机这头的我，笑着笑着就哭了。您在接受治疗的关键时刻，居然还可以用幽默的方式拍摄视频，您的乐观鼓舞了太多太多像我一样陷入恐慌的人们。

“卒然临之而不惊，无故加之而不怒”，这是你们；“虽千万人，吾往矣”，这也是你们。你们经历了生死考验，却义无反顾地再一次奔向战场，我相信，还有很多像你们一样的平民英雄，随时会在关键的时刻，绽放耀眼的光芒，这是我们国家和民族的幸事！可是我又多么希望这样的“英雄”可以少一些啊！

写到这里，我也想分享一件自己身边的小事。前几天，我和我的同事们向武汉发送了一批物资，结果物流的大货车坏在了高速路上，叫了拖车。拖车的司机听说是送武汉的物资，没有收拖车的费用。而大货车的司机在一开始接到这个工作的时候，也没有提任何报酬。他在微信里和我们说，我没什么文化，只会开车，做不了什么贡献，但是我能送货。这是多么朴实的几句话啊，这两位司机是我们身边再平凡不过的人了，但是他们也代表了此时此刻的每一位中国人。

郭琴护士、余昌平医生，我知道我自己在此时此刻能够做的，比起二位来少之又少。我期待着战“疫”结束的时候，我们能不仅通过书信，也可以坐下来好好聊一聊，聊一聊和孩子如何相处，聊一聊怎样拍摄生动的视频，聊一聊普通人的普通事儿。也许这几个话题，我有些经验，能派上用场。

感谢你们，期待见面。

此致

敬礼

大鹏

二〇二〇年二月十日

扫描二维码，听节目原声

# 新闻当事人

XINWEN DANGSHIREN

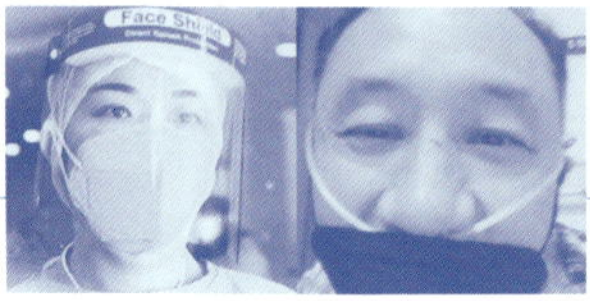

郭琴　余昌平

"…… 作为一名医护人员的话，守土有责，救人是我们的使命。"在名为《我的战"疫"》的《新青年演讲》中，武汉大学中南医院急救中心护士郭琴这样说道。

镜头前，持续奋战在武汉抗疫最前线的郭琴稍显疲惫。事实上，就在上个月，她还是一名新冠病毒感染者。

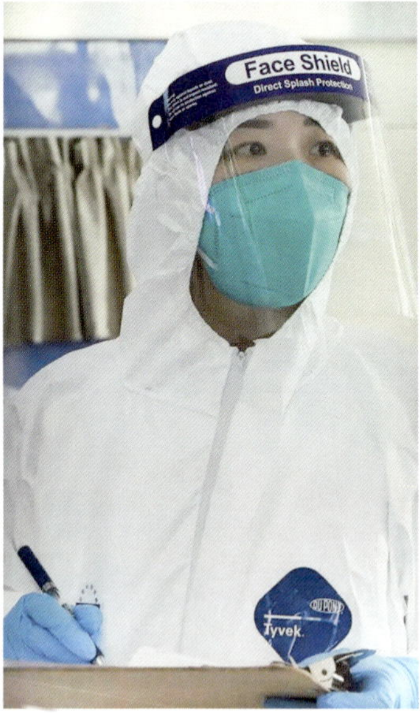

今年1月初，郭琴进入重症监护病房负责照料重症患者。1月12日，她发起了低烧，四肢关节开始疼痛，次日进一步恶化。郭琴不幸成为医院里第一位被新冠病毒感染的医护人员。"当时的心情还是比较紧张的。"在接受《长江日报》采访时，郭琴这样描述她从医护到患者的心路历程。在她卧床期间，武汉疫情告急，无法与同事共同奋战在一线，一度令她十分懊悔。

经过同事的不懈救治及自身的积极康复，郭琴于1月27日痊愈出院。在那一刻，她所牵挂的除了丈夫、孩子等家人外，还有病房一线人手告急的医护岗位。1月28日，没做过多休整的郭琴火速重返医院，继续以护士身份加入抗疫最前线。而这个复工申请，她早在1月20日就已向护士长提出。

同样不幸感染、在康复中的武汉大学人民医院呼吸内科的余昌平医生，靠着妙语连珠的“俏皮话”视频火遍网络，成为一位抗疫一线的“网红”医生。作为首位被感染的湖北新型冠状病毒防治专家组成员，余昌平医生从未气馁，将自己的感受和治疗过程通过视频与网友分享，在提供防疫科普的同时，也用乐观积极的心态极大鼓舞着大众战胜病毒的信心。

在一段与妻子的视频中，余昌平医生一句“我这么潇洒、这么可爱，我死了多可惜啊”，令很多人感动地笑了，又哭了。

在这场疫情防控阻击战中，医护人员永远是那群冲锋在最前线的战士。事实上，在给予大众战胜病毒信心的同时，他们自身却面临着巨大的感染风险。已故的武汉中心医院医生李文亮，生前曾留下这样的聊天记录：“疫情还在扩散，不想当逃兵，恢复以后还是要上一线。”在一线与病毒正面交锋，守土有责，治病救人，是他们的信念和使命。

英雄已逝，精神永存，向所有的医护人员致敬。

# 坚守

# 20

## 丁晟：
## 民警就是咱们自家人
## ——致敬基层警务工作者

20

为了做好疫情防控工作，武汉市公安局迅速启动战时机制，民警、辅警全部上岗，维护城市安全。董宏祥是武汉市公安局东西湖分局的一名民警。平日里，基层民警穿梭在街道、社区，维护治安。这次还有个特殊任务，那就是进行疫情防控宣传和落地监督，同时协助社区转移病患到定点医院。作为一名警务工作者，董宏祥所负责的辖区内24小时一班岗。他认真地坚守着自己的岗位，尤其是协助转移病患的工作，一刻都不敢疏忽。而董宏祥只是武汉一线警务工作者的一个缩影，他的身后还有千千万万这样的基层警务人员。

今日影评 NO.10 Letter 《两地书》

第10封信

时　间：2020年2月14日

发信人：丁　晟

收信人：董宏祥——武汉市公安局东西湖分局民警

抗疫一线，不分前方后方；人民警察，始终暖心坚守。在这个特殊的冬季，“坚守”带来的不只是温暖，更是让人踏实的力量。

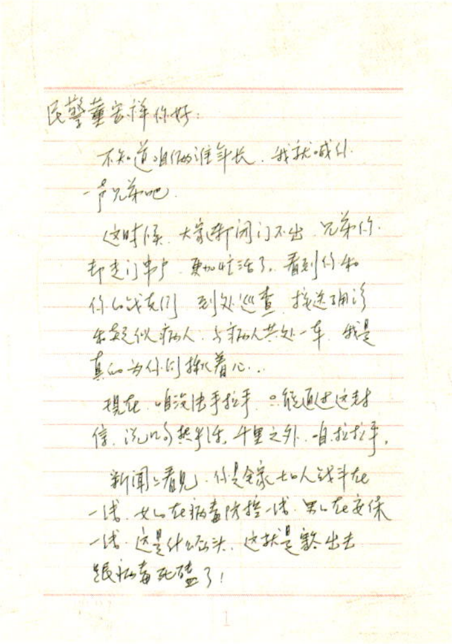

民警董宏祥你好：

不知道咱俩谁年长，我就喊你一声兄弟吧。

这时候，大家都闭门不出，兄弟你却走门串户，更加忙活了。看到你和你的战友们到处巡查，接送确诊和疑似病人，与病人共处一车，我是真的为你们揪着心。

现在，咱没法手拉手，只能通过这封信，说说心里的热乎话，千里之外，一起拉拉手。

新闻上看见，你是全家七口人战斗在一线，女儿在病毒防控一线，儿子在安保一线，这是什么劲头，这就是敢出去跟病毒死磕了！

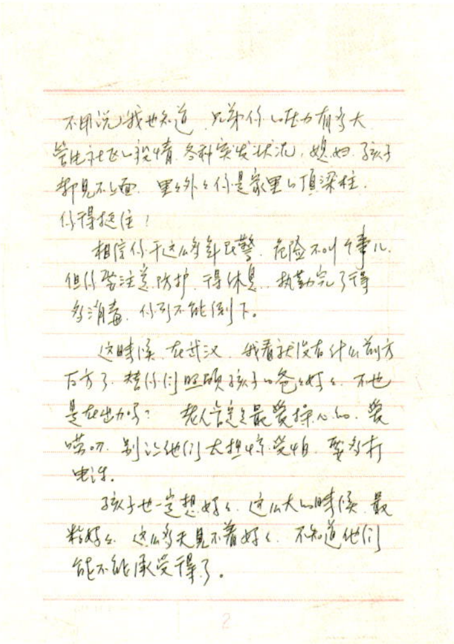

不用说，我也知道，兄弟你的压力有多大：管辖社区的疫情、各种突发状况，媳妇、孩子都见不上面，里里外外你是家里的顶梁柱，你得挺住！

相信你干这么多年民警，危险不叫个事儿，但你要注意防护，得休息，执勤完了得多消毒，你可不能倒下。

这时候，在武汉，我看就没有什么前方后方了，替你们照顾孩子的爸爸妈妈，不也是在出力吗？老人家是最爱操心的，爱唠叨，别让他们太担心害怕，要多打电话。

孩子也一定想妈妈，这么大的时候，最粘妈妈，这么多天见不着妈妈，不知道他们能不能承受得了。

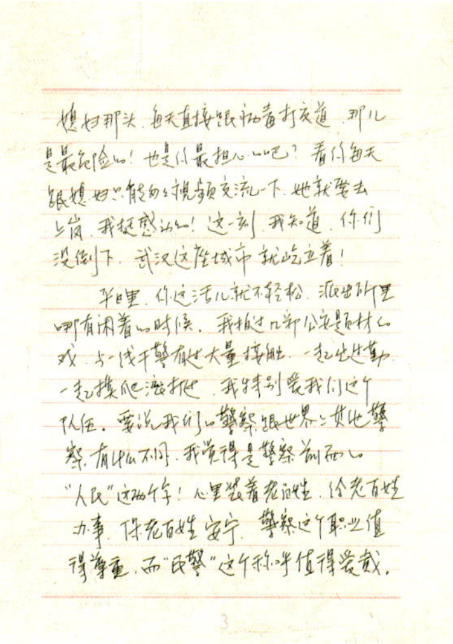

媳妇那头，每天直接跟病毒打交道，那儿是最危险的！也是你最担心的吧？看你每天跟媳妇只能匆匆视频交流一下，她就要去上岗，我挺感动的！这一刻，我知道，你们没倒下，武汉这座城市就屹立着！

平日里，你这活儿就不轻松，派出所里哪有闲着的时候。我拍过几部公安题材的戏，与一线干警有过大量接触，一起出过勤，一起摸爬滚打，我特别爱我们这个队伍。要说我们的警察跟世界上其他警察有什么不同，我觉得是警察前面的"人民"这两个字！心里装着老百姓，给老百姓办事，保老百姓安宁，警察这个职业值得尊重，而"民警"这个称呼值得爱戴。

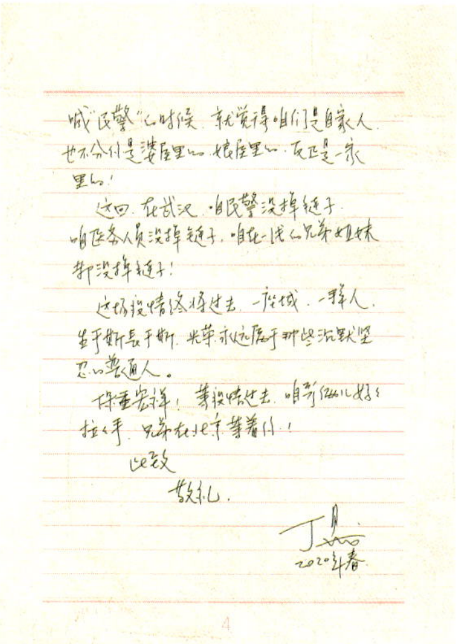

喊"民警"的时候，就觉得咱们是自家人，也不分什么是婆家里的、娘家里的，反正是一家里的！

这回，在武汉，咱民警没掉链子，咱医务人员没掉链子，咱在一线的兄弟姐妹都没掉链子！

这场疫情终将过去，一座城，一群人，生于斯长于斯，光荣永远属于那些沉默坚忍的普通人。

保重宏祥！等疫情过去，咱哥俩儿好好拉拉手，兄弟在北京等着你！

此致

敬礼。

丁[illegible]

2020年春

书信手稿

# 民警就是咱们自家人

——致敬基层警务工作者

民警董宏祥：

你好！

不知道咱俩谁年长，我就喊你一声兄弟吧。

这时候，大家都闭门不出，兄弟你却走门串户，更加忙活了。看到你和你的战友们到处巡查，接送确诊和疑似病人，与病人共处一车，我是真的为你们揪着心。

现在，咱没法儿手拉着手，只能通过这封信，说几句热乎话。千里之外，咱拉拉手。

新闻上看见，你是全家七口人战斗在一线，女的在病毒防控一线，男的在安保一线。这是什么劲头，这就是豁出去跟疫情死磕了。

不用说我也知道，兄弟你的压力有多大。管片儿社区的疫情，各种突发状况，媳妇、孩子都见不上面，里里外外你是家里的顶梁柱，你得挺住。相信你干这么多年民警，危险不叫个事儿。但你要注意防护，得休息，执勤完了得多消毒，你可不能倒下。

这时候在武汉，我看就没有什么前方后方了。替你们照顾孩子的爸爸妈妈，不也是在出力吗？老人肯定是最爱操心的，爱唠叨，别让他们太担惊受怕，要多打电话。孩子也一定想妈妈，这么大的时候最黏妈妈，这么多天见不着妈妈，不知道他们能不能承受得了。

媳妇那头，每天直接跟病毒打交道，那儿是最危险的，也是你最担心的吧。看你每天跟媳妇，只能匆匆视频交流一下，她就要去上岗，我挺感动的。这一刻，我知道，你们没有倒下，武汉这座城市就屹立着。

平日里，你这活儿就不轻松，派出所里哪儿有闲着的时候。我拍过几部公安题材的戏，与一线干警有过大量接触，一起出过勤，一起摸爬滚打过。我特别爱我们这个队伍。要说我们的警察跟世界上其他警察有什么不同，我觉得是警察前面的“人民”两个字，心里装着老百姓，给老百姓办事，保老百姓安宁。警察这个职业值得尊重，而“民警”这个称呼值得爱戴。喊“民警”的时候，就觉得咱们是自家人，也不分你是婆屋里的、娘屋里的，反正是一家里的。

这回在武汉，咱民警没掉链子，咱医务人员没掉链子，咱在一线的兄弟姐妹们都没掉链子。

这场疫情终将过去。一座城，一群人，生于斯长于斯，光荣永远属于那些沉默坚忍的普通人。

保重，宏祥！等疫情过去，咱哥儿俩好好拉拉手，兄弟在北京等着你！

此致

敬礼

丁晟

二〇二〇年春

扫描二维码，听节目原声

# 新闻当事人

XINWEN DANGSHIREN

董宏祥

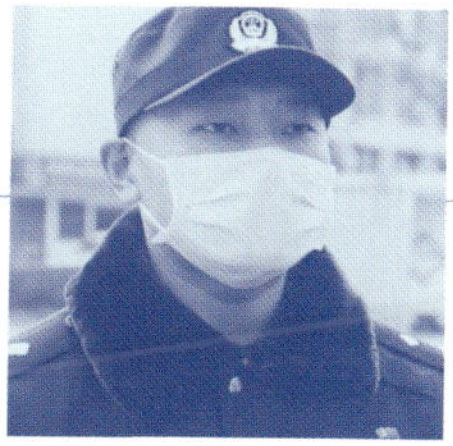

防疫的紧张气氛，令本该浪漫的日子显得沉重。相比于寻常情侣无法出门会面的短暂，董宏祥与李雅婷这对夫妇在自大年初二起的很长一段时间内，每天只能通过视频匆匆相见。

1 月 26 日清晨，董宏祥拉着装满日用衣物的行李箱，将身为医护人员的妻子送往临时调配的医院。

“今天起她要进入核心治疗区，不知道何时能回家。”分别一刻，董宏祥也不清楚何时才能在家里见到妻子。

随后，董宏祥也走上了自己的“战场”。作为武汉市公安局东西湖分局常青花园派出所的一名基层民警，平日里穿梭在街道、社区间维护治安的他，近来还肩负着疫情防控宣传、落地监督等一系列特殊任务。

在众多任务中，协助社区转移病患到定点医院风险系数最高，常常要与感染患者同处一车之内。不过，24 小时一班岗的高强度与近距离接触病患的高风险，并没有吓退董宏祥。他说：“作为我们公安战线来说，军令如山，职责所在！”

面对记者采访，董宏祥直言，医护人员和他们一样，在这次抗疫中都是不计报酬、不论生死的。除他们夫妻俩之外，董宏祥的大家庭中还有同为民警的妹夫和两个表弟，以及身为医护的表姐和妻妹。

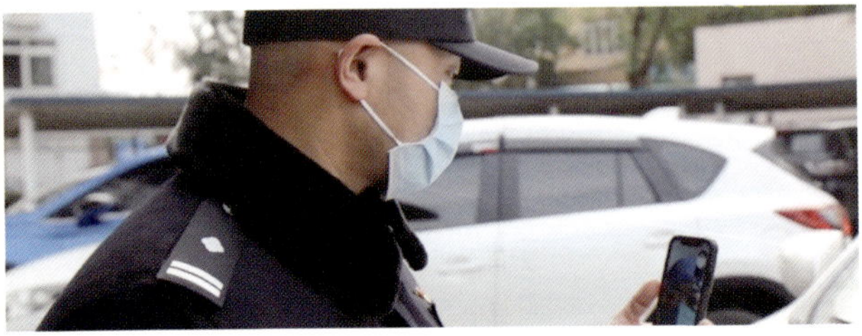

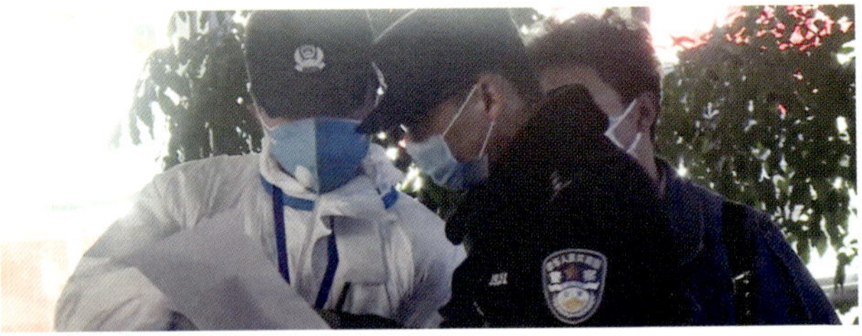

武汉，已经不分前方后方。而在全国各地，这样时刻为群众生命安全奔忙的基层警务工作者还有千千万万。一线民警的鞠躬尽瘁，百姓看在眼里，人民记在心上。在派出所里扔下500个口罩就跑等暖心新闻频现的背后，正是群众对这些卫士、这些英雄的珍惜与爱。

遗憾的是，已有多名公安民警牺牲于防疫一线。近日，国务委员、公安部部长赵克志签署命令，追授何建华、李弦、程建阳、尹祖川、刘大庆等多名在新冠肺炎疫情防控一线牺牲的民警二级英雄模范称号，还有更多的名字不该被我们遗忘：

张新忠　张志民　崔　嵬　曾文聪　王爱兰　章良志
王调兵　赵建忠　苏莱曼·巴马丁　胡　锋
……

向所有奋战在抗疫一线的警务工作者致敬！

# 并行

郭帆：
希望是比钻石还要珍贵的东西
——给旗袍募捐女孩写信

20

20

在最近日本东京池袋举行的一次活动中，一位日本女孩身穿中国旗袍，不畏严寒，不停地向路人深深鞠躬，为武汉募捐。“日本旗袍女孩为武汉募捐50万日元”的微博话题，阅读量达1.2亿次，大家不约而同地为这位异国小姑娘的善举点赞。

新冠肺炎疫情让人类命运紧密相连，世界很多国家纷纷向中国伸出援手。“深恩转无语，怀抱甚分明”。在面对新冠肺炎疫情时，我们不是一个人在战斗，也不是武汉人民单独在战斗，而是全人类、全世界要共同承受的一次考验，世界的援助带给我们无穷的力量，我们相信人类这次一定能打赢这场抗疫之战。

第11封信

时　间：2020年2月17日

发信人：郭　帆

收信人：“鞠躬女孩”——日本志愿者

今日影评
NO.11 Letter
《两地书》

2月13日,. 在“东京灯会满月节”上为武汉募捐的“穿旗袍鞠躬女孩”来到中国驻日本大使馆，转交募集到的50余万日元善款。日本女孩的善意温暖，打动了中国民众的心。

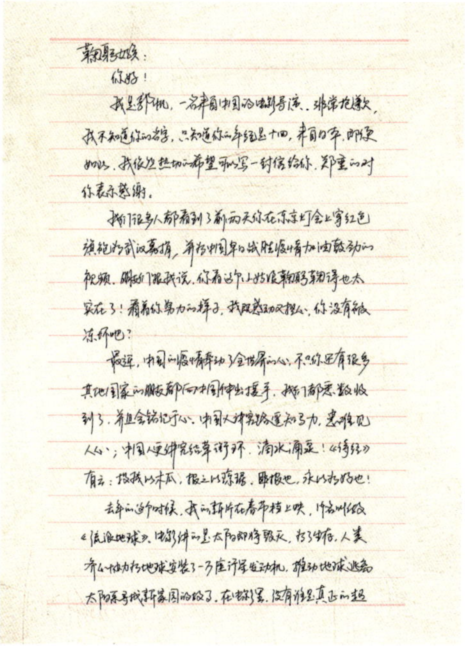

茉莉聪子姑娘：

你好！

我是郭帆，一名来自中国的电影导演。非常抱歉，我不知道你的名字，只知道你的年纪是十四，来自日本。即便如此，我依然热切的希望可以写一封信给你，郑重的对你表示感谢。

我们很多人都看到了前两天你在东京灯会上穿红色旗袍为武汉募捐，并为中国早日战胜疫情加油鼓劲的视频。朋友们跟我说，你看这个小姑娘茉莉聪子翻译也太实在了！看着你努力的样子，我既感动又担心，你没有被冻坏吧？

最近，中国的疫情牵动了全世界的心，不只你还有很多其他国家的朋友都向中国伸出援手，我们都悉数收到了，并且会铭记于心。中国人讲究路遥知马力，患难见人心；中国人更讲究结草衔环，滴水涌泉！《诗经》有云：投我以木瓜，报之以琼琚。匪报也，永以为好也！

去年的这个时候，我的新片在春节档上映，片名叫做《流浪地球》。电影讲的是太阳即将毁灭，为了生存，人类齐心协力为地球安装了一万座行星发动机，推动地球逃离太阳系寻找新家园的故事。在电影里，没有谁是真正的超

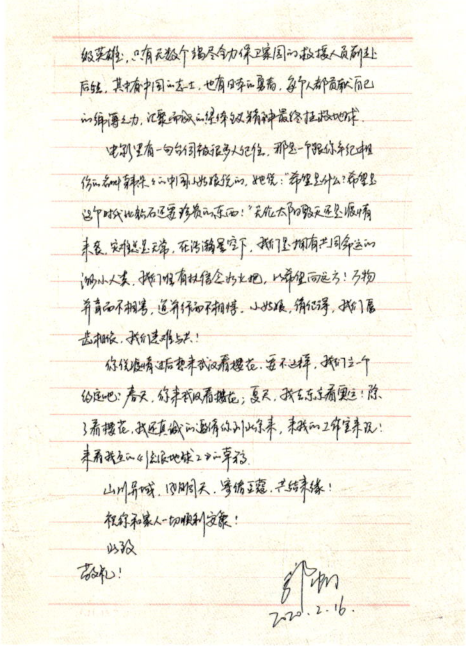

级英雄，只有无数个竭尽全力保卫家园的救援人员前赴后继，其中有中国的志士，也有日本的勇者，每个人都贡献自己的绵薄之力，汇聚而成的坚韧精神最终拯救地球。

电影里有一句台词被很多人记住，那是一个跟你年纪相仿的名叫韩朵朵的中国小姑娘说的，她说："希望是什么？希望是这个时代比钻石还要珍贵的东西！"无论太阳毁灭还是疫情来袭，灾难总是无常，在浩瀚星空下，我们是拥有共同命运的渺小人类，我们唯有执信念为火把，以希望向远方！万物并育而不相害，道并行而不相悖。小姑娘，请记得，我们唇齿相依，我们患难与共！

你说疫情过后想来武汉看樱花，要不这样，我们立一个约定吧：春天，你来武汉看樱花；夏天，我去东京看奥运！除了看樱花，我还真诚的邀请你到北京来，来我的工作室来玩！来看我写的《流浪地球2》的草稿。

山川异域，风月同天，寄情玉蕴，共结来缘！

祝你和家人一切顺利安康！

此致

敬礼！

郭帆

2020.2.16.

书信手稿

# 希望是比钻石还要珍贵的东西

——给旗袍募捐女孩写信

鞠躬女孩：

你好！

我是郭帆，一名来自中国的电影导演。非常抱歉，我不知道你的名字，只知道你的年纪是十四，来自日本。即便如此，我依然热切地希望可以给你写一封信，郑重地对你表示感谢。

我们很多人都看到了前两天你在东京灯会上穿红色旗袍为武汉募捐，并为中国早日战胜疫情加油鼓劲的视频。朋友们跟我说，你看这个小姑娘鞠躬鞠得也太实在了！看着你努力的样子，我既感动又担心，你没有被冻坏吧？

最近，中国的疫情牵动了全世界的心，不只你，还有很多其他国家的朋友，都向中国伸出援手，我们都悉数收到了，并且会铭记于心。中国人讲究，路遥知马力，患难见人心；中国人更讲究，结草衔环，滴水涌泉。《诗经》有云："投我以木瓜，报之以琼琚。匪报也，永以为好也！"

去年的这个时候，我的新片在春节档上映，片名叫作《流浪地球》。电影讲的是太阳即将毁灭，为了生存，人类齐心协力为地球安装了一万座行星发动机，推动地球逃离太阳系寻找新家园的故事。在电影里，没有谁是真正的超级英雄，只有无数个竭尽全力保卫家园的救援人员前赴后继，其中有中国的志士，也有日本的勇者，每个人都奉献自己的绵薄之力，汇聚而成的精神最终拯救地球。

电影里有一句台词被很多人记住，那是一个跟你年纪相仿、名叫韩朵朵的中国小姑娘说的。她说："希望是什么？我相信希望是我们这个时代像钻石一样珍贵的东西！"无论是太阳毁灭还是疫情来袭，灾难总是无常，在浩瀚的星空下，我们是拥有共同命运的渺小人类，我们唯有执信念为火把，以希望向远方！"万物并育而不相害，道并行而不相悖。"小姑娘，请记得，我们唇齿相依，我们患难与共！

你说疫情过后想来武汉看樱花。要不这样，我们立一个约定吧。春天，你来武汉看樱花；夏天，我去东京看奥运！除了看樱花，我还真挚地邀请你来北京，来我的工作室来玩！来看看《流浪地球 2》的草稿。

山川异域，风月同天。寄诸豆蔻，共结来缘！

祝你和家人一切顺利安康！

此致

敬礼

郭帆

二〇二〇年二月

扫描二维码，听节目原声

# 新闻当事人

XINWEN DANGSHIREN

日本少女"鞠躬女孩"

2月8日，东京池袋西口公园野外剧场举行"东京灯会满月祭"，除多国文化表演外，其中还有一个特别的角落——募款支援武汉的摊位。

摊位上的日本小姑娘身穿红色中式旗袍，她不畏严寒，从早到晚地为中国武汉进行募捐，还向好心捐款的路人致以90度的深鞠躬，以示感谢。

在女孩身后的展台上，摆满了日本产的樱花蜂蜜，每当有人捐款，就可以得到一瓶。这些深大寺养蜂园的蜂蜜，由养蜂人杉沼女士无偿提供。而筹集的全部资金则将通过中国驻日本大使馆发布的渠道捐赠，用来支援武汉人民抗击新型冠状病毒感染肺炎。

女孩的摊位上挂着鲜明的"山川异域、风月同天；岂曰无衣、与子同裳"十六字，蜂蜜罐上则印着"武汉加油！中国加油！"的字样。

据了解，女孩只有十四岁，她的母亲曾在中国学习、工作过，一家人都对中国有着很深的情结。"我父亲以前是做与中国相关工作的，所以我对中国很感兴趣，后来还去留学和工作过。"当听说中国正在全力抗击疫情，小姑娘决定为帮助中国早日渡过难关做点力所能及的事情。"当时做的旗袍，正好很合她的尺寸"，女孩的妈妈杉崎介绍，女儿身穿的红色旗袍是自己二十年前在中国生活时量身定做的。如今，女儿将

ひとこと お願い して します!
中国加油!!
蜂蜜チャリティーありがとうございました
昨日で武漢加油蜂蜜は100個、
皆様のお手元へと行きました。ご協力
感謝します!!
武漢 中国 頑張れ!!
豊島区日中友好協会 日中協会
東京燈会満月祭実行委員会
頑張れ!!
マスク
募金箱

它穿在了身上，成就了“一袭红旗袍，两代中国情”的佳话。

2 月 13 日，“鞠躬女孩”来到中国驻日本大使馆，转交募集到的五十余万日元善款。

“这里面装的都是大家想要传达的心意，记住这并不是你的功劳，你只是帮助捐款的人去传达心意。”去大使馆的路上，女孩的妈妈杉崎这样对她说。“我知道的，只是正好让我拿着这个募捐箱而已。”女孩回答。

收到大使馆赠送的《中国世界遗产影像志》和大熊猫玩偶，女孩有些腼腆地露出甜甜的笑容。

面对新型冠状病毒肺炎疫情，世界各国纷纷向中国伸出援手。“投我以桃”，他日我们也必将“报之以李”。人类命运紧紧相连，才能共同创造美好的明天。

# 牵挂

20

王庆祥：

不辱使命，责无旁贷

——致敬援鄂医护人员

庚子年的除夕跟往年不太一样，因为新型冠状病毒肺炎疫情牵动着全国人民的心。空军军医大学西京医院神经外科副主任医师胡世颉接到支援武汉任务——作为空军军医大学医疗队的一员驰援武汉，第一批进入武昌医院ICU病房，并对新型冠状病毒肺炎危重病人展开诊治。同一天接到支援任务的，还有刚把因心脏病住院的76岁母亲接回家的空军军医大学口腔医院放射科医生、退役军人史庆辉。胡世颉与史庆辉同在武汉市武昌医院支援，一个在重症科诊治危重病人，一个负责CT诊断。史庆辉说："疫情感染的大多数是老年人，看到他们就会想起我的妈妈，还有什么说的，上吧。"

第12封信

时　间：2020年2月18日

发信人：王庆祥

收信人：胡世颉——空军军医大学西京医院神经外科副主任医师

史庆辉——空军军医大学口腔医院放射科医生

他们是身处前线的英雄，是与病毒斗争的医护人员、解放军，但他们也是孩子，是父母，是丈夫，是妻子。家人的支持，是他们最强大的后盾，也是最贴心的防护服。

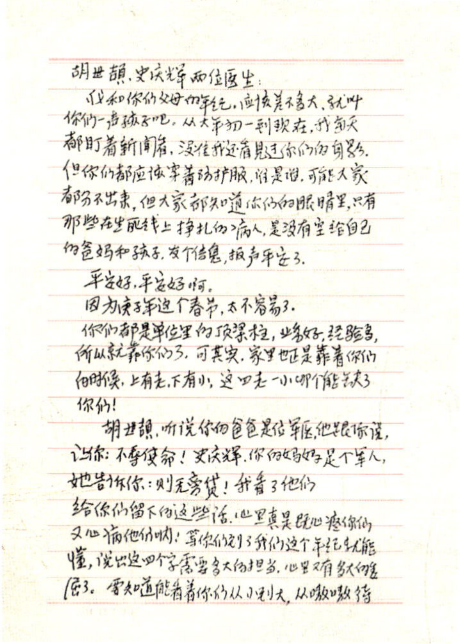

胡世頡、史庆辉两位医生：

我和你们父母的年纪，应该差不多大，就叫你们一声孩子吧。从大年初一到现在，我每天都盯着新闻看，没准我还看见过你们的身影。但你们都应该穿着防护服，裹得严，可能大家都认不出来，但大家都知道你们的眼睛里，只有那些在生死线上挣扎的病人，是没有空给自己的爸妈和孩子发个信息，报声平安了。

平安好，平安好啊。

因为庚子年这个春节，太不容易了。

你们都是单位里的顶梁柱，业务好，经验多，所以就靠你们了。可其实，家里也正是靠着你们的时候，上有老，下有小，这一老一小哪个能离得了你们！

胡世頡，听说你的爸爸是位军医，他跟你说，让你：不辱使命！史庆辉，你的妈妈是个军人，她告诉你：责无旁贷！我看了他们给你们留下的这些话，心里真是既心疼你们又心痛他们啊！等你们到了我们这个年纪就能懂，说出这四个字需要多大的担当，心里又有多大的焦虑了。要知道能看着你们从小到大，从嗷嗷待

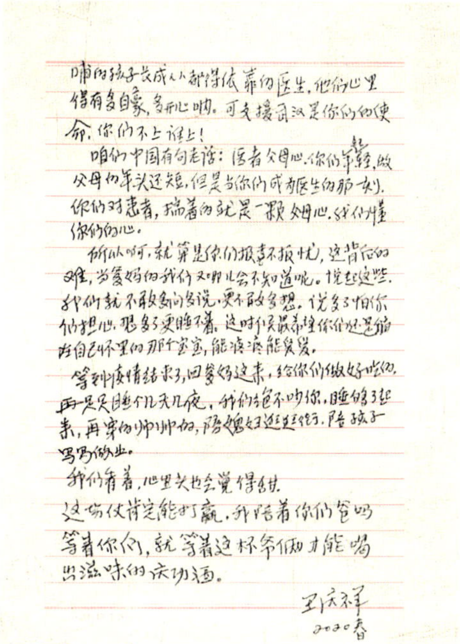

哺的孩子长成大人、都得依靠的医生，他们心里得有多自豪，多开心啊。可支援武汉是你们的使命，你们不上谁上！

咱们中国有句老话：医者父母心。你们年龄轻，做父母的年头还短，但是当你们成为医生的那一刻，你们对患者，揣着的就是一颗父母心。我们懂你们的心。

所以啊，就算是你们报喜不报忧，这背后的难，当爸妈的我们又哪儿会不知道呢。说起这些，我们就不敢多问多说，更不敢多想。说多了怕你们担心，想多了更睡不着。这时候最希望你们还是缩在自己怀里的那个宝宝，能滚滚能爬爬。

等到疫情结束了，回爸妈这来，给你们做好吃的，再一觉睡个几天几夜，我们绝不吵你，睡够了起来，再穿的帅帅的，陪媳妇逛逛街，陪孩子写写作业。

我们看着，心里头也会觉得甜。

这场仗肯定能打赢，我陪着你们爸妈等着你们，就等着这杯爷俩才能喝出滋味的庆功酒。

王庆祥

2020春

书信手稿

# 不辱使命，责无旁贷

——致敬援鄂医护人员

胡世颉、史庆辉两位医生：

我和你们父母的年纪，应该差不多大，就叫你们一声孩子吧。

从大年初一到现在，我每天都盯着新闻看。没准儿，我还看见过你们的身影。但你们应该都穿着防护服，谁是谁，可能大家都分不出来。但大家伙儿都知道，你们的眼睛里应该只有那些在生死线上挣扎的病人，是没有空给自己的爸妈和孩子，发个信息，报声平安了。

平安好！平安好啊！因为庚子年这个春节，太不容易了！

你们都是单位里的顶梁柱，业务好，经验多，所以就靠你们了。可其实，家里也正是靠着你们的时候。上有老下有小，这四老一小，哪个能缺了你们？胡世颉，听说你的爸爸是位军医。他跟你说，让你“不辱使命”。史庆辉，你的妈妈是个军人，她告诉你“责无旁贷”。我看了他们给你们留下这些话，心里真是既心疼你们，又心疼他们。等你们到了我们这个年纪就能懂，说出这四个字儿，需要多大的担当，心里又有多大的委屈了。

要知道，能看着你们从小到大，从嗷嗷待哺的孩子长成人人都得依靠的医生，他们心里得有多自豪、多开心啊！可支援武汉，是你们的使命。你们不上，谁上？咱们中国有句老话，医者父母心。你们年纪轻，做父母的年头还短，但是当你们成为医生的那一刻，你们对患者揣着的就是一颗父母心。患者冷了热了，疼了病了，都要操心着。你们懂天下父母的心，我们懂你们的心。

所以啊，就算是你们报喜不报忧，这背后的难，当爹妈的我们又哪儿会不知道呢？说起这些，我们就不敢多问多说，更不敢多想。说多了，怕你们担心；想多了，更睡不着。这个时候，真希望你们还是躺在自己怀里的那个宝宝，能疼疼，能爱爱。

等到疫情结束了，回爹妈这儿来，给你们做好吃的，再足足睡个几天几夜，我们绝不吵你。睡够了起来，再穿得帅帅的，陪媳妇逛逛街，陪孩子写写作业。我们看着，心里头也会觉得甜。

这场仗，肯定能打赢！我陪着你们爸妈等着你们，就等着这杯爷俩才能喝得出滋味的庆功酒了。

王庆祥

二〇二〇年春

扫描二维码，听节目原声

# 新闻当事人

XINWEN DANGSHIREN

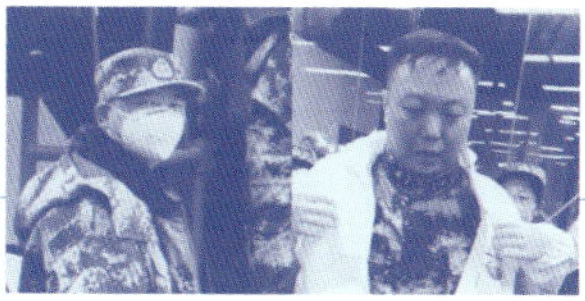

胡世颉　史庆辉

大年三十（1 月 24 日）的晚上，空军军医大学西京医院神经外科副主任医师胡世颉收到紧急任务——随医疗队出征驰援武汉。从军二十余年，胡世颉参与任务无数，再苦再难都没有怨言。唯一让他感到为难的，是彼此深爱却长时间疏于陪伴的家人。今年夏天，他就与妻子商量，趁着春节带上孩子和年迈的岳父岳母一起去新加坡旅行，提前三个月就订好了行程。

突如其来的任务，打破了一家人的出行计划。一方面是需要支援救治的疫区民众，另一方面是对旅行期待已久的妻儿，胡世颉选择在第一时间报名驰援武汉。

面对妻子和孩子，他内心有些忐忑，不知能否取得他们的理解。妻子张蓉是最了解他的人，当下便决定取消全家人行程，只为不让丈夫在前线担心。他的女儿则懂事地说，我们全家出门旅游远比不上爸爸挽救生命来的重要。

次日凌晨 4 点 50 分，胡世颉给父亲发了一条微信："爸，我被抽调抗病毒去了。"消息发出后，他并不知父亲会如何回应，毕竟此次出征困难重重。

"不辱使命！"早晨 7 点 36 分，胡世颉收到父亲回复的四个字。8

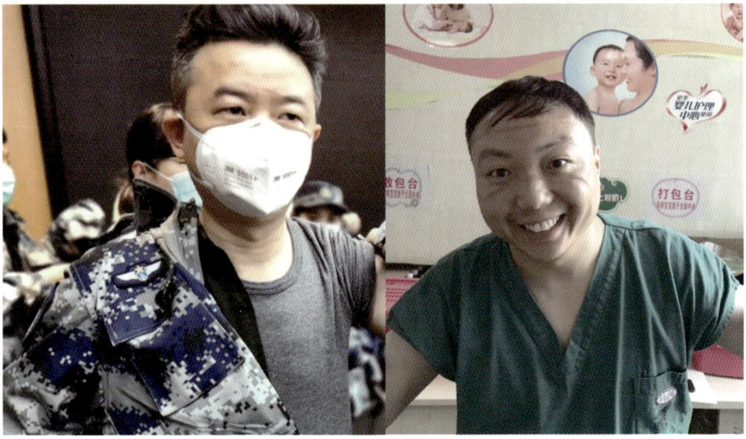


点 06 分，父亲继续发来消息：“你能作为一个国家重要的历史事件的参与者，这是你宝贵的人生财富，也是你与全家的骄傲。”同时，父亲还嘱咐他注意自我保护，记得与岳父母、妻儿好好沟通。

家人的支持与鼓励，成为胡世颉驰援武汉的最大动力与后盾。“不管什么时候，我都是一名人民军医，我的站位请组织放心”，他在请战书上庄严地写下了这么一行字。

同一天接到支援武汉任务的，还有空军军医大学口腔医院放射科医生史庆辉。他，是一名退役军人。当天，他刚把因心脏病一直住院治疗的 76 岁母亲接回家。本想一家人团圆，好好过个年，儿子却要出征，母亲虽有万分不舍，但她打心底里支持儿子的选择。

“作为一名军人、一个医生，面对疫情挺身而出，责无旁贷，妈妈为你骄傲。虽然有点儿担心，但是妈妈坚决支持你。”史庆辉的妈妈专门录制视频为儿子加油鼓劲。为免儿子担心自己身体，她在视频中安慰道：

“妈妈身体还行，你完全可以放心。”

史庆辉曾参与2008年汶川抗震救灾，而这也是他的母亲最为之自豪的事。“作为一个男人，有这样的两次经历，值得骄傲。这也是妈妈的骄傲。盼望你早日平安归来。”

他们是英雄，也是子女。他们整装出征，行囊里最珍贵的一定是来自亲人的牵挂与思念。

你在隔离病房救治病患，我在后方盼你平安。事实上每一位正在一线跟病毒斗争的医护人员、公务员、解放军、清洁工、物流人员、乘务员等等，家中都有一份来自父母的牵挂。

愿英雄之伍归来，盼英雄之家齐聚。

# 不息

# 20

## 卢奇：
## 我们是战争打不垮、灾难毁不掉的
## ——致敬抗疫成功九旬老兵

20

在此次抗击新冠肺炎疫情当中，老人是弱势群体。九十一岁的王明光在此次患病之前，就已经有了严重的基础性疾病，他患冠心病二十多年，还做过心脏支架手术。即便如此，在1月23日住院以后，他积极接受治疗，乐观面对疫情。经过十多天的治疗，2月7日治愈出院。

在抗击疫情的战场上，活着就是一份鼓舞人心的力量。像王明光老人这样，曾经在枪林弹雨中走过，又在用坚持不放弃的精神鼓舞人心的中国老人，向我们诠释着永不言败的精神，传递着生生不息的希望。

第13封信

时　间：2020年2月19日

发信人：卢　奇

收信人：王明光——91岁新冠肺炎治愈患者

2020 年 2 月 7 日上午 10 时，湖北省军区宜昌离职干部休养所，九十一岁高龄的新冠肺炎患者王明光顺利出院，成为目前湖北省年龄最大的治愈患者，为许多病友与医护注入可贵精神力量。

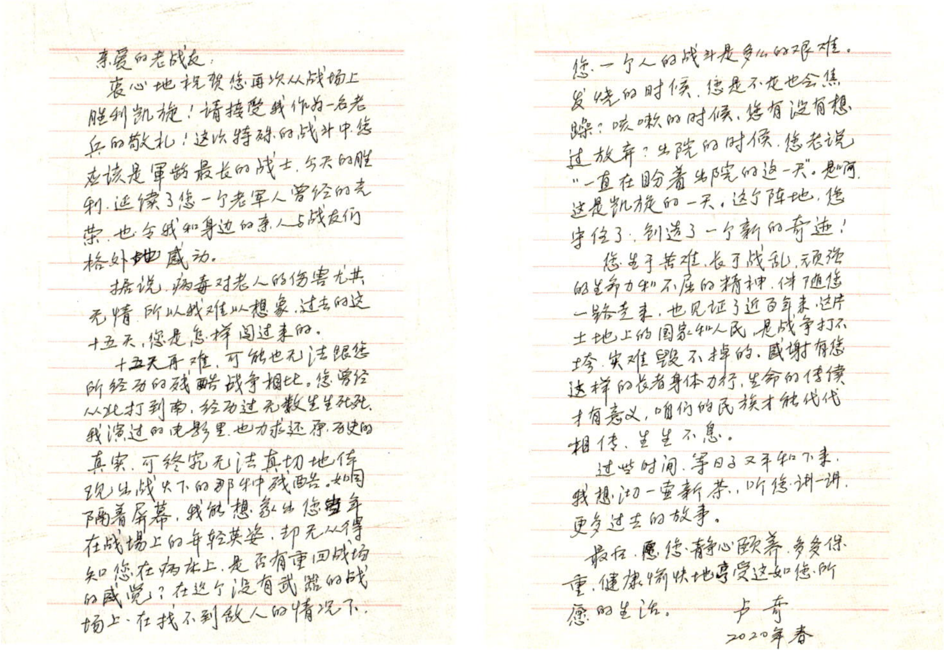

亲爱的老战友：

衷心地祝贺您再次从战场上胜利凯旋！请接受我作为一名老兵的敬礼！这次特殊的战斗中，您应该是军龄最长的战士。今天的胜利，延续了您一个老军人曾经的光荣，也令我和身边的亲人与战友们格外地感动。

据说，病毒对老人的伤害尤其无情，所以我难以想象，过去的这十五天，您是怎样闯过来的。

十五天再难，可能也无法跟您所经历的残酷战争相比。您曾经从北打到南，经历过无数生生死死。我演过的电影里，也力求还原历史的真实，可终究无法真切地体现出战火下的那种残酷。如同隔着屏幕，我能想象出您当年在战场上的年轻英姿，却无从得知您在病床上，是否有重回战场的感觉？在这个没有武器的战场上，在找不到敌人的情况下，您一个人的战斗是多么的艰难。发烧的时候，您是不是也会焦躁？咳嗽的时候，您有没有想过放弃？出院的时候，您老说"一直在盼着出院的这一天"。是啊，这是凯旋的一天，这个阵地，您守住了，创造了一个新的奇迹！

您生于苦难，长于战乱，顽强的生命力和不屈的精神，伴随您一路走来，也见证了近百年来这片土地上的国家和人民，是战争打不垮，灾难毁不掉的。感谢有您这样的长者身体力行，生命的传续才有意义，咱们的民族才能代代相传、生生不息。

过些时间，等日子又平和下来，我想沏一壶新茶，听您讲一讲更多过去的故事。

最后，愿您静心颐养，多多保重，健康愉快地享受这如您所愿的生活。

卢奇

2020年春

书信手稿

# 我们是战争打不垮、灾难毁不掉的

——致敬抗疫成功九旬老兵

亲爱的老战友：

衷心地祝贺您再次从战场上胜利凯旋，请接受我作为一名老兵的敬礼！

这次特殊的战斗中，您应该是军龄最长的战士。今天的胜利，延续了您一个老军人曾经的光荣，也令我和身边的亲人与战友们格外感动。

据说，病毒对老人的伤害尤其无情，所以我都难以想象，过去的这十五天，您是怎样闯过来的。

十五天再难，可能也无法跟您所经历的残酷战争相比。您曾经一路从北打到南，经历过无数生生死死。我演过的电影里，也力求还原历史真实，可终究无法真切地体现出战火下的那种残酷，如同隔着屏幕，我能想象出您当年在战场上的年轻英姿，却无从得知您在病床上，是否有重回战场的感觉。在这个没有武器的战场上，在找不到敌人的情况下，您一个人的战斗该是多么艰难。发烧的时候，您是不是也会焦躁？咳嗽的时候，您有没有想过放弃？出院的时候，您老说，一直盼着出院的这一天。

是啊，这是凯旋的一天，这个阵地，您守住了，创造了一个新的奇迹。

您生于苦难，长于战乱，顽强的生命力和不屈的精神，伴随您一路走来，也见证了近百年来这片土地上的国家和人民，是战争打不垮、灾难毁不掉的。感谢有您这样的长者身体力行，生命的传续才有意义，咱们的民族才能代代相传、生生不息。

过些时间，等日子又平和下来，我想沏一壶新茶，听您讲一讲更多过去的故事。

最后，愿您静心颐养，多多保重，健康愉快地享受这如您所愿的生活。

卢奇

二〇二〇年春

扫描二维码，听节目原声

# 新闻当事人

XINWEN DANGSHIREN

王明光

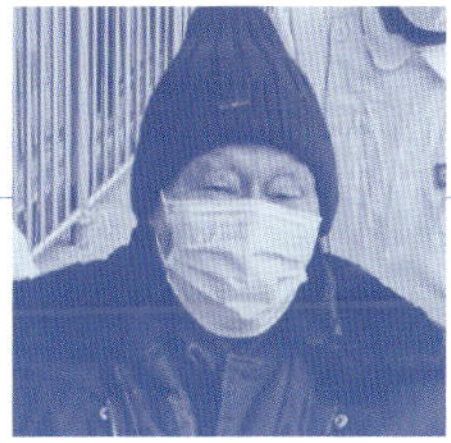

从1月21日出现发烧、咳嗽、乏力等症状，23日进医院就诊，26日晚确诊感染新型冠状病毒肺炎，再到2月7日上午最终治愈出院，王明光老人的这场“战斗”持续了很多天。

据湖北省宜昌市第三人民医院副院长杜德兵介绍，“这个病人有严重的基础性疾病，有冠心病二十多年，特别是2016年做了心脏支架植入手术，所以心功能很差，有心衰的表现”。要战胜这突来的疾病，对于这位九十一岁的老先生而言，无疑是个巨大的挑战。

在此次抗击新冠肺炎疫情中，基础性疾病普遍较多的老人作为“弱势群体”难免会有些担忧，宜昌市第三人民医院专门聘请了心理咨询师对他进行心理干预，“我们医护人员也对他进行健康教育，让老人能够积极配合我们治疗”，而老人对生命的敬畏与热望，超出了大家的预期。

王明光1945年在东北参军，1946年入党，曾经参加过辽沈战役、平津战役和解放宜昌、桂林、柳州等战斗，多次立下战功。他还荣获解放东北纪念章、华北解放纪念章、解放中南纪念章和庆祝中华人民共和国成立70周年纪念章等。战火硝烟的洗礼，让他面对这次疫情时有了更多的从容和淡定。

老人参加过解放战争，战火硝烟的洗礼，让老人面对疫情有了更多的从容。

在医院的十五个日夜，王明光尽全力配合医生治疗，与病毒顽强搏斗。与此同时，他还经常鼓励同病房的病友，让他们增加信心，共同战胜“病魔”。

“看到那些年轻的医护人员拼了命救我，（我）心中只有一个信念，与病魔斗一场。”老人唯愿不辜负大家的努力，早日治愈出院，而如今，他“盼的这一天终于盼到了”。

面对疫情，王明光再次凯旋。出院当天，坐在轮椅上的他十分激动，感慨万千，“和打仗比起来，这个病没什么可怕的”。回顾自己的战“疫”经历，老人表示，“最重要的还是坚持，一个是自己本身要有毅力坚持，再一个还是要相信组织，相信党，相信医务人员”。

道别的时候，老人连连对大家表示感谢，“感谢工作人员，感谢医护人员”，“感谢他们全心全意地照顾（我）”。而他的故事，也成为许多医护人员与病人的精神力量，“能够把这么一个高龄的病人治疗成功，我们增加了很多信心”。

在全民抗疫的故事里，有许多老人都在与病毒坚强抗争，王明光老先生并非个例。在《人民日报》的“抖音”账号上就有一条点赞量超过600万的热门视频——一对不知姓名的八旬老人不幸双双感染新冠肺炎，老先生举吊瓶看护妻子。两人互相搀扶，共同面对，从不曾想过放弃。他们不仅让我们看到中国老人的动人爱情，更感受到了来自中国老人的信念与力量。

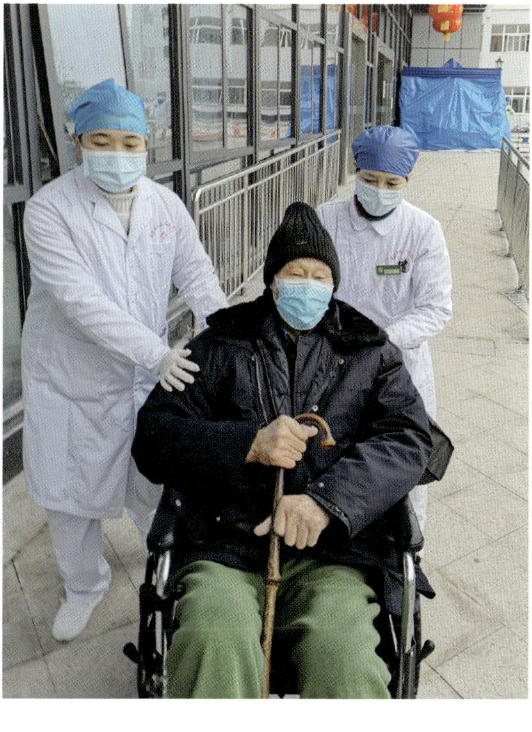

# 砥柱

# 20

## 童瑶：
## 世界再大，总有亲人等你回家
## ——为抗疫专家童朝晖写信

20

身为北京朝阳医院副院长、中央指导组医疗救治组专家的童朝晖医生，早在1月18日就已抵达武汉，支援新型冠状病毒感染的肺炎疫情救治。他驻守在金银潭医院，每天例行查房，指导重症和危重症患者的治疗，并以专家身份在第一时间向大家反馈最专业、最精准的前线疫情。在《人民日报》的直播和央视新闻中，我们都能看到这样一位既肩负指导任务，又始终坚守在一线临床治疗的可敬医生。其实，不仅仅是本次疫情，在每次救治重症重大医疗事件患者的“战役”中，都有童朝晖的身影。

第14封信

时　间：2020年2月20日

发信人：童　瑶（童朝晖的女儿）

收信人：童朝晖——中央指导组医疗救治组专家、
北京朝阳医院副院长

1月18日，童朝晖作为第一批援助专家抵达武汉，重点指导和负责危重病患者的临床救治。到2月20日，他已在前线奋战一月又两天。在武汉辞旧岁，于前线迎新年。童朝晖心里最挂念的，是他分隔异地的家人。

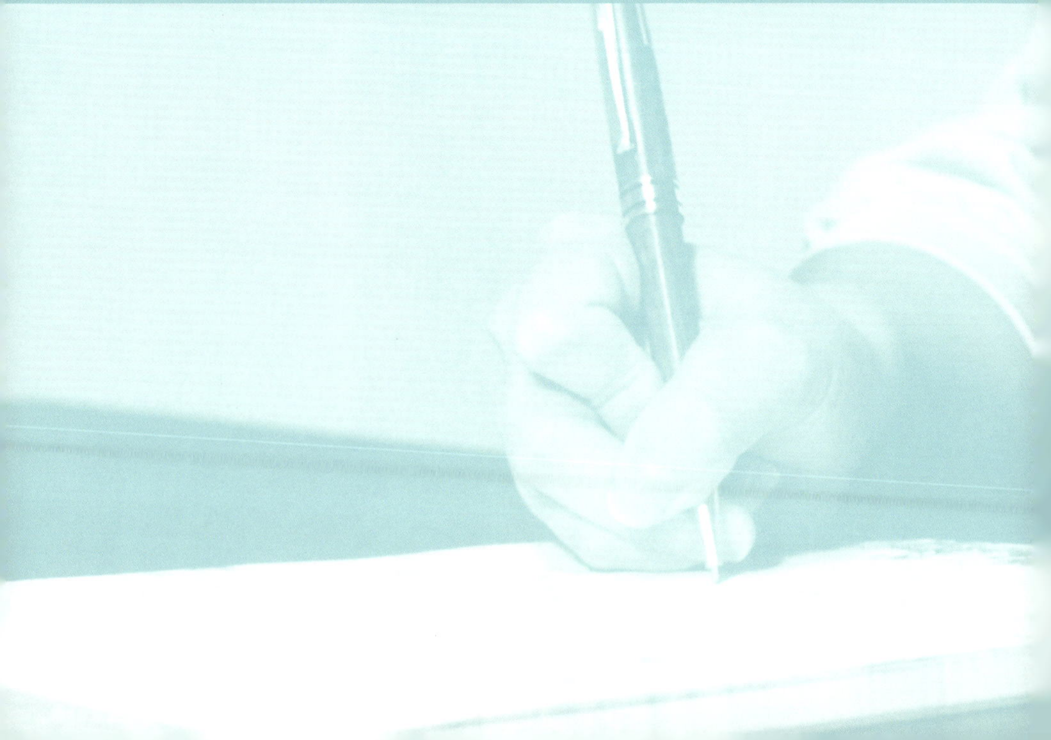

亲爱的爸爸：

您好！

再次提笔给您写信，竟然有一种恍惚的感觉。17年前，当非典肆虐全国的时候，我也是这样，将对您的关心与思念化为文字，期盼您早日的凯旋。现在所要面对的困难甚至比原来更为严峻，我的心境也和原来截然不同。非典的时候我年纪尚小，对于疫情的严重程度没有什么概念。现如今每天早上醒来翻看新闻心情都十分沉重。我为不幸染病的患者担忧，为奋战在一线的医者担忧，也为我的国家担忧。

我依然清晰地记得北京时间1月18号下午1点在T2航站楼，陪您等候着飞往武汉的航班，那时我完全意识到等待您的会是什么，也不知道当时您为什么选择那个时候去武汉。现在我再回想，作为一个如此有经验的专业人士，您当时怎么可能不知道武汉这一行可能面临的风险。原本您和妈妈打算回武汉过春节，在武汉的亲人们也都是热切盼望你们的到来，然而您却只能过家门而不入。关于这些您什么都没有说，您对家里从来都是报喜不报忧，怕我们为您担心。也许外人只是看到了医生这个职业为您带来的光环，可我们却看到了您深夜回到家的疲惫。其实医生从来都不是披着光环的神，在病人眼里，他们也许是妙手回春的救命恩人。然而脱去白大褂，他们也是儿子、女儿、母亲、父亲，也是为了能让家人过得好而努力工作的普通人。

我时不时会发消息问您过得怎么样。每次您都会回答："我挺好的！"您告诉我，现在的生活比在医院忙多了，每天穿梭于几家大医院，看病、会诊、讨论、培训，心无旁骛，认真做事。前几天妈妈的同事在电视上看到了您，在重症监护病房近距离查看患者的颈部插管，同时讲解给旁边的一个大夫听，不禁表示担忧，问您怎么还进病房里，多危险啊。您耿直地回答："不进病房，那干嘛去了？先下达指令，怎么救病人啊？"爸爸，您知道吗，这就是我最崇拜您的地方。每逢国家有难，您都第一个冲到前线。从来没有大义凛然的姿态，或者依依不舍的告别，而是仿佛去做一件云淡风轻的事。

我知道您是个身经百战的老兵了，知道病毒的传播方式，知道怎么去保护自己，所以我对您很放心。作为一个海外留学生，我想在这个时候，我能好好照顾自己，让您没有后顾之忧，应该就是对您最大的慰藉吧。困难是暂时的，我对您和您的同事们有信心，我相信我们的国家一定可以尽快打赢这场战斗！

感谢你们这些美丽的逆行者，在国家紧要关头，用你们的勇气和无私为我们撑起了一片天。你们是人间的天使，国家的英雄，民族的脊梁。

长夜漫漫，总有明灯为你点亮，

世界再大，总有亲人等你回家。

您的女儿童瑶

2020年2月

书信手稿

# 世界再大，总有亲人等你回家

——为抗疫专家童朝晖写信

亲爱的爸爸：

您好！

再次提笔给您写信，竟然有一种恍惚的感觉。“非典”的时候我年纪尚小，对于疫情的严重程度没有什么概念，现如今每天早上醒来翻看新闻心情都十分沉重。我为不幸染病的患者担忧，为奋战在一线的医者担忧，也为我的国家担忧。

我依然清晰地记得北京时间1月18号下午1点，在T2航站楼，等候着飞往武汉的航班。那时我完全没有意识到等待您的会是什么，也不知道当时您为什么选择那个时候去武汉。现在我再回想，作为一个如此有经验的专业人士，您当时怎么可能不知道武汉这一行可能面临的风险。原本您和妈妈打算回武汉过春节，在武汉的亲人们也都是热切盼望你们的到来，然而您却只能过家门而不入。关于这些，您什么都没有说，您对家里从来都是报喜不报忧，怕我们为您担心。也许外人只是看到了医生这个职业为您带来的光环，可我们却看到了您深夜回到家的疲惫。其实医生从来都不是披着光环的神，在病人眼里，他们也许是妙手回春的救命恩人；然而脱去白大褂，他们也是儿子、女儿、母亲、父亲，也是为了能让家人过得好而努力工作的普通人。

我时不时会发消息问您过得怎么样，每次您都会答："我挺好的！"您告诉我，现在的生活比在医院忙多了。每天穿梭于几家大医院，看病、会诊、讨论、培训，心无旁骛，认真做事。前几天妈妈的同事在电视上看到了您在重症监护病房近距离查看患者的颈部插管，同时讲解给旁边一个大夫听，不禁表示担忧，问您怎么还进病房里，多危险啊。您耿直地回答："不进病房，那干吗去了？光下达指令，那怎么救病人啊？"爸爸，您知道吗？这就是我最崇拜您的地方。每逢国家有难，您都第一个冲到前线，从来没有大义凛然的姿态，或者依依不舍的告别，而是仿佛去做一件云淡风轻的事。

我知道您是个身经百战的老兵了，知道病毒的传播方式，知道怎么去保护自己，所以我对您很放心。作为一个海外留学生，我想在这个时候，我能好好照顾自己，让您没有后顾之忧，应该就是对您最大的慰藉吧。困难是暂时的，我对您和您的同事们有信心，我相信我们的国家一定可以尽快打赢这场战斗！

感谢你们这些美丽的逆行者，在国家紧要关头，用你们的勇气和无私为我们撑起了一片天。你们是人间的天使，国家的英雄，民族的脊梁！

长夜漫漫，总有明灯为你点亮；世界再大，总有亲人等你回家。

您的女儿童瑶

二〇二〇年二月

扫描二维码，听节目原声

# 新闻当事人

XINWEN DANGSHIREN

童朝晖

1月24日（除夕），对于北京朝阳医院副院长童朝晖医生来说仍然是忙碌的一天。收到家人的关心问候之时，他正在进行新型冠状病毒肺炎疫情的临床救治。

“今天去了几家医院，看重病人，不会休息。”童朝晖说。虽然有亲人生活在武汉，童朝晖却压根儿顾不上探望，甚至多过家门而不入。对他而言，在武汉的每分每秒都极为宝贵，不容浪费。

在2月6日的诊疗日记中，他这样写道：“就现在湖北的疫情来讲，最重要的工作是积极防控，控制源头，找到有效的防控措施，并积极推进落实；同时积极救治患者，特别是重症、危重症患者。”字里行间，都是他对疫情的无限忧虑与思考。

驰援武汉，童朝晖始终保持专业与镇定，毕竟这在他漫长的从医生涯里，并非唯一的艰难战役。

2003年的“非典”，童朝晖就曾临危受命赶赴一线，作为SARS病房主任顽强坚守了三个多月，最终其收治的一百余位SARS患者无一例死亡。那时年仅十岁的女儿童瑶就曾写过一封信给父亲，信里写着：“打完胜仗，凯旋而归！我将用双臂迎接我那劳苦功高的爸爸。”那一封略显稚嫩却满怀真情的信，成为彼时支撑童朝晖的最大力量。

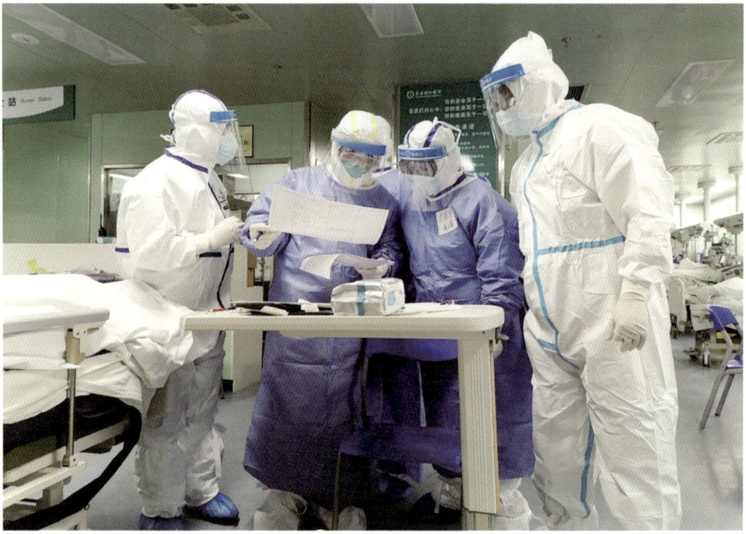

“2003 年我们三十多岁赶上 SARS，现在五十多岁赶上新型冠状病毒。我当年就不恐惧，现在就更不恐惧。严格防护就没问题！”对待临床诊治一丝不苟的童朝晖，在面对家人和病人时，却总是一副乐观阳光的样子。在前线再忙再累，他都记得多拍些照片发给家人，告诉他们：“我现在身体挺好，没问题！”

困难时刻，父亲总毅然前往，为所有人保驾护航。如今，童朝晖再赴疫情最前线，女儿童瑶每天都会发来信息，盼望父亲平安。“你在我、家人和全社会眼中就是这样的英雄！一定要注意防护！多加小心！要记住至亲的人在日夜记挂着你，翘首以盼你的归来。无论在哪里，无论什么时候，家里始终有一盏灯为你点亮！”看到女儿的留言，不惧疫情的童朝晖红了眼圈。

时隔十七年，已经长大成人的童瑶再次为奋战一线的父亲写下一封信。而作为英雄的女儿，她能做的，也许就是照顾好自己，让父亲的脚步少一些牵绊，多一点力量。

像童朝晖这样，即便面对重重危险，依然坚守战斗的中流砥柱，还有很多。2 月 18 日 10 时 30 分，坚持在一线抗击疫情的武汉武昌医院院长刘智明，因感染新冠肺炎，经全力抢救无效，在武汉同济医院不幸离开了我们，年仅五十一岁。2 月 20 日，国新办在武汉举行新闻发布会，国务院副秘书长丁向阳代表中央指导组对一直奉献在一线的同志们致以崇高敬意，对英勇牺牲的医务人员和不幸去世的患者表示深切哀悼。

愿牺牲越来越少，英雄皆平安归来。

# 不弃

20

王宝强：
不离不弃、万众同心，就一定能扛过去
—— 致敬抗疫战士兄妹

26岁的杜富佳是贵州湄潭县人民医院急诊科的一名护士，她所在的医院是此次贵州省指定开设新型冠状病毒肺炎发热门诊的183家医疗机构之一。1月27日，医院发出加入抗击疫情的倡议书，杜富佳知道后第一时间报名参加。不仅如此，她在2月5日还向医院递交了奔赴武汉支援的请战书，她说：“雷场是哥哥的战场，如今疫情当前，医院就是我们的战场。”而她的哥哥，正是“排雷英雄战士”杜富国。

第15封信

时　间：2020年2月21日

发信人：王宝强

收信人：杜富国——“排雷英雄”

　　　　杜富佳——“抗疫护士”

骨肉同胞，两人从戎，两人从医；非常时刻，守土卫国，各尽其责。“排雷英雄战士”杜富国雷场上一句“你退后，让我来”，是身为驰援医护及戍边战士的三个弟妹心中燃烧不竭的强大鼓舞。

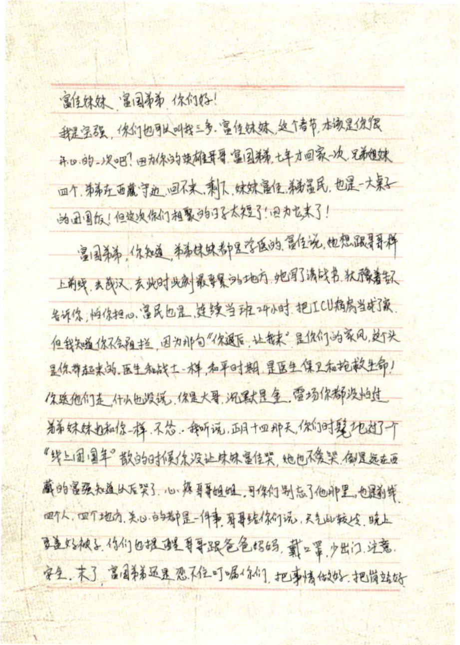
富佳妹妹、富国弟弟，你们好！

我是宝强，你们也可以叫我三多。富佳妹妹，这个春节，本该是你很开心的一次吧？因为你的英雄哥哥富国弟弟，七年才回家一次，兄弟姐妹四个，弟弟在西藏守边，回不来，剩下，妹妹富佳，弟弟富民，也是一大桌子的团圆饭！但这次你们相聚的日子太短了！因为它来了！

富国弟弟，你知道，弟弟妹妹都是学医的，富佳说，她想跟哥哥一样上前线，去武汉，去此时此刻最需要的地方，她写了请战书，犹豫着告不告诉你，怕你担心。富民也是，连续当班24小时，把ICU病房当成了家。但我知道你不会阻拦，因为那句"你退后，让我来"是你们的家风，这个头是你带起来的。医生和战士一样，和平时期，是医生保卫和抢救生命！你送他们走，什么也没说，你是大哥，沉默是金。哪场你都没怕过，弟弟妹妹也和你一样，不怂。我听说，正月十四那天，你们时髦地过了一个"线上团圆年"，散的时候你没让妹妹富佳哭，她也不爱哭，倒是远在西藏的富强知道以后哭了，心疼哥哥姐姐，可你们别忘了他那里，也是前线。四个人，四个地方，关心的都是一件事。哥哥给你们说，天气比较冷，晚上要盖好被子，你们也提醒哥哥跟爸爸妈妈，戴口罩，少出门，注意安全。末了，富国弟弟还是忍不住叮嘱你们，把事情做好，把岗站好

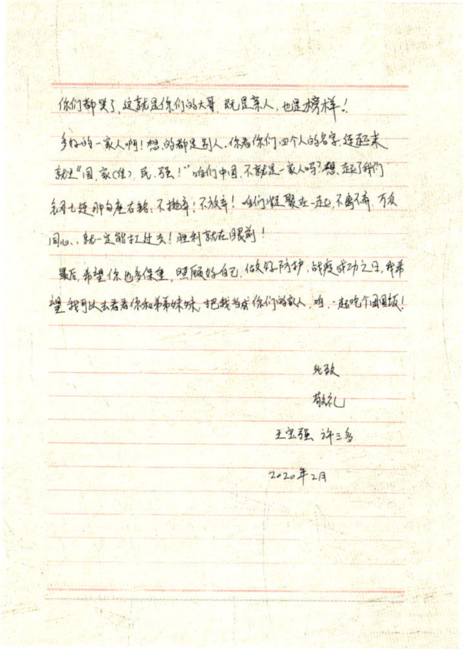
你们都哭了，这就是你们的大哥，既是亲人，也是榜样！

多好的一家人啊！想的都是别人。你看你们四个人的名字，连起来就是"国、家（佳）、民、强！"咱们中国，不就是一家人吗？想、起了我们钢七连那句座右铭：不抛弃！不放弃！咱们凝聚在一起，不离不弃，万众同心，就一定能打过去！胜利就在眼前！

最后，希望你也多保重，照顾好自己，做好防护，战疫成功之日，我希望我可以去看看你和弟弟妹妹，把我当成你们的家人，咱一起吃个团圆饭！

此致

敬礼

王宝强 许三多

2020年2月

书信手稿

# 不离不弃、万众同心，就一定能扛过去

——致敬抗疫战士兄妹

富佳妹妹、富国弟弟：

你们好！

我是宝强，你们也可以叫我三多。

富佳妹妹，这个春节，本该是你很开心的一次吧？因为你的英雄哥哥——富国弟弟七年才回一次家。兄弟姐妹四个，弟弟在西藏守边回不来，剩下妹妹富佳、弟弟富民，也是一大桌子的团圆饭！但这次你们相聚的日子太短了，因为它来了。

富国弟弟，你知道，弟弟妹妹都是学医的。富佳说，她想跟哥哥一样，上前线，去武汉，去此时此刻最要紧的地方。她写了请战书，犹豫着告不告诉你，怕你担心。富民也是，连续当班 24 小时，把 ICU 病房当成了家。但我知道你不会阻拦，因为那句“你退后，让我来”是你们的家风，这个头是你带起来的。医生和战士一样，和平时期，是医生保卫和抢救生命。你送他们走，什么也没说。你是大哥，沉默是金。雷场你都没怕过，弟弟妹妹也和你一样，不㞞。

我听说，正月十四那天，你们时髦地过了一个“线上团圆年”。散的时候，你没让妹妹富佳哭，她也不爱哭，倒是远在西藏的富强知道以后哭了，心疼哥哥姐姐。可你们别忘了，他那里也是前线。四个人，四个地方，关心的都是一件事。哥哥给你们说“天气比较冷，晚上要盖好被子”，你们也提醒哥哥跟爸爸妈妈“戴口罩，少出门，注意安全”。末了，富国弟弟还是忍不住叮嘱你们“把事情做好，把岗站好”。你们都笑了，这就是你们的大哥，既是亲人，也是榜样。

多好的一家人啊！想的都是别人。你看你们四个人的名字，连起来就是“国佳（家）民强”——咱们中国，不就是一家人嘛！想起了我们钢七连那句座右铭：“不抛弃，不放弃！”咱们凝聚在一起，不离不弃、万众同心，就一定能扛过去。胜利就在眼前！

最后，希望你也多保重，照顾好自己，做好防护。战“疫”成功之日，我希望我可以去看看你和弟弟妹妹，把我当成你们的家人，咱一起吃顿团圆饭。

此致

敬礼

王宝强（许三多）

二〇二〇年二月

扫描二维码，听节目原声

# 新闻当事人

XINWEN DANGSHIREN

杜富国　杜富佳兄妹

2月5日，贵州湄潭县人民医院急诊科护士杜富佳向医院递交了奔赴武汉支援的请战书。早在大年初三（1月27日）那天，她就已经响应医院的倡议，报名投身抗疫一线工作。

“我特别想为（抗击）这次的疫情尽一份自己的力量，”26岁的她这样表达着自己的抗疫决心，“他在雷场上喊出来的那句‘你退后，让我来’，一直在我脑中回荡。”

杜富佳口中的“他”，正是她的同胞大哥——被授予“排雷英雄战士”荣誉称号的杜富国。

生于1991年的杜富国，是南部战区陆军云南扫雷大队中士。在2018年10月11日下午的一次边境扫雷行动中，他在排查雷场不明爆炸物的过程中突遇爆炸，英勇负伤的他不幸失去了双眼与双手。

让妹妹杜富佳念念不忘的那句“你退后，让我来”，正是哥哥杜富国在动身排雷前对同组战友所说的话。而在爆炸发生瞬间，他更是下意识地挡在战友身前。保全战友们的平安，可他自己却被高速迸射的弹片炸成血人。无法再执行排雷任务的杜富国，却将坚守职责、舍生忘死的中国战士之魂深深印刻于这个时代。

“就是这种精神给了我鼓舞，让我一直坚守到现在。”哥哥坚定值

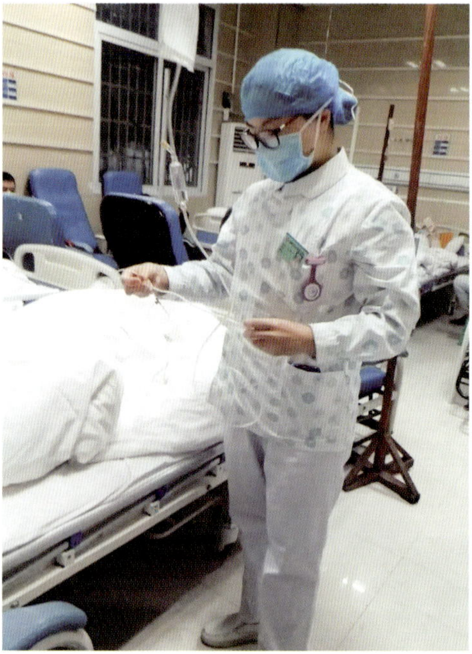

守的英勇无畏，时刻盘桓于富佳心上。

2 月 20 日，请战书获批的杜富佳在经过培训后正式启程，无惧危险、毅然奔赴武汉抗疫最前线。“作为一名医护人员，（我）也需要这种‘让我来’的精神，做好自己的工作职责。”

在杜家，富国与富佳还有两个同胞弟弟 —— 三弟杜富民是贵州湄潭县家礼医院的 ICU 病房医生，而四弟杜富强则是一名卫国戍边的边防战士。

大哥的“你退回，让我来”六字精神，不知不觉中成了杜家四兄妹的默契“家训”。同大哥一样从戎的杜富强，始终带着哥哥的榜样力量坚守祖国西南边陲。而与二姐同为“白衣战士”的杜富民，自疫情发生起就一直坚守在防控疫情第一线的岗位上没有离开过。

七年来首次春节返家的杜富国，没能见到西藏守边的富强，与富佳、富民也只有他们抗疫出征前的匆匆短聚。不过，他却并不因为难得团圆被打乱而沮丧，反而坚定地支持着弟弟妹妹们的选择。“希望他们都不忘初心、牢记使命，不要担心，也要注意安全。作为哥哥，非常支持他们。”

# 同舟

20

## 陶红：
## 让医护人员感到满满的暖意
## ——致敬武汉善心餐饮人

20

在疫情暴发初期，由于物资短缺、外卖停送，一线医护人员的一日三餐成了问题。邱贝文是武汉当地一位“90后”餐馆经营者，她在得知医护人员忙碌一天却吃不上一口热饭时，着急地哭了。于是当即决定，自己给他们做饭吃。本以为家人会反对，谁知大家伙儿都决定支持邱贝文，为家乡武汉做点事。邱贝文的善举在网络上被很多网友点赞，新浪微博相关话题总阅读量超过4亿，讨论量近6万。

第16封信

时　间：2020年2月24日

发信人：陶　红

收信人：邱贝文——武汉“90后”餐馆经营者

1月25日凌晨4点，一幅朋友圈截图刷爆网络。它的发布者，是武汉“90后”餐馆经营者邱贝文。“只要医院医护人员需要吃饭，提前半小时打我电话，24小时在线——我们不发国难财，就想出点力。”第二天一早，她就接到了来自各个医院的订餐电话。她的“出点力”打动了无数人。

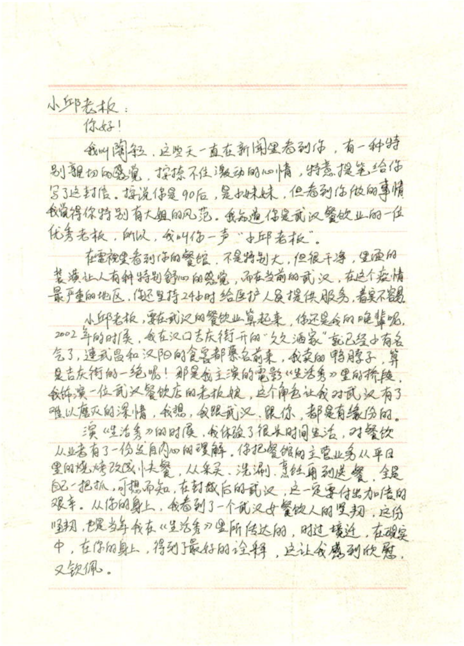
小邱老板：

你好！

我叫陶红，这些天一直在新闻里看到你，有一种特别亲切的感觉，按捺不住激动的心情，特意提笔给你写了这封信。按说你是90后，是小妹妹，但看到你做的事情我觉得你特别有大姐的风范。我知道你是武汉餐饮业的一位优秀老板，所以，我叫你一声"小邱老板"。

在电视里看到你的餐馆，不是特别大，但很干净，里面的装潢让人有种特别舒心的感觉，而在当前的武汉，在这个疫情最严重的地区，你还坚持24小时给医护人员提供服务，着实不容易。

小邱老板，要在武汉的餐饮业算起来，你还是我的晚辈呢。2002年的时候，我在汉口吉庆街开的"久久酒家"就已经小有名气了，连武昌和汉阳的食客都慕名前来，我卖的鸭脖子，算是吉庆街的一绝呢！那是我主演的电影《生活秀》里的桥段，我饰演一位武汉餐饮店的老板娘，这个角色让我对武汉有了难以磨灭的深情，我想，我跟武汉、跟你，都是有缘份的。

演《生活秀》的时候，我体验了很长时间生活，对餐饮从业者有了一份发自内心的理解。你把餐馆的主营业务从平日里的烧烤改成快餐，从采买、洗涮、烹饪再到送餐，全是自己一把抓，可想而知，在封城后的武汉，这一定要付出加倍的艰辛。从你的身上，我看到了一个武汉女餐饮人的坚韧，这份坚韧，也是当年我在《生活秀》里所传达的，时过境迁，在现实中，在你的身上，得到了最好的诠释，这让我感到欣慰，又钦佩。

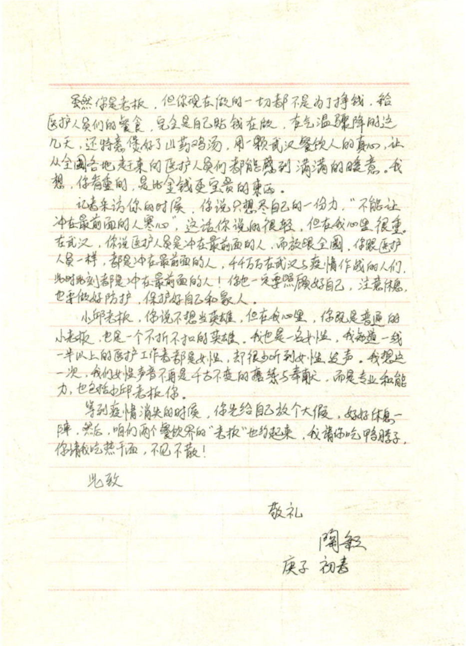
虽然你是老板，但你现在做的一切都不是为了挣钱，给医护人员们的餐食，完全是自己贴钱在做，在气温骤降的这几天，还特意煲好了山药鸡汤，用一颗武汉餐饮人的真心，让从全国各地赶来的医护人员们都能感到满满的暖意。我想，你看重的，是比金钱更宝贵的东西。

记者采访你的时候，你说只想尽自己的一份力，"不能让冲在最前面的人寒心"，这话你说的很轻，但在我心里很重。在武汉，你说医护人员是冲在最前面的人，而放眼全国，你跟医护人员一样，都是冲在最前面的人，千千万万在武汉与疫情作战的人们，此时此刻都是冲在最前面的人！你也一定要照顾好自己，注意休息，也要做好防护，保护好自己和家人。

小邱老板，你说不想当英雄，但在我心里，你既是普通的小老板，也是一个不折不扣的英雄。我也是一名女性，我知道一线一半以上的医护工作者都是女性，却很少听到女性发声。我想这一次，我们女性声音不再是千古不变的慈悲与奉献，而是专业和能力，也包括小邱老板你。

等到疫情消失的时候，你先给自己放个大假，好好休息一阵。然后，咱们两个餐饮界的"老板"也约起来，我请你吃鸭脖子，你请我吃热干面，不见不散！

此致

敬礼

陶红

庚子 初春

书信手稿

# 让医护人员感到满满的暖意

——致敬武汉善心餐饮人

小邱老板：

你好！

我叫陶红，这些天一直在新闻里看到你，有一种特别亲切的感觉，按捺不住激动的心情，特意提笔给你写了这封信。按说你是“90后”，是个小妹妹，但看到你做的事情，我觉得你特别有大姐的风范。我知道你是武汉餐饮业的一位优秀老板，所以在这里，我叫你一声“小邱老板”。

小邱老板，要在武汉的餐饮界算起来，你还是晚辈呢。2002年的时候，我在汉口吉庆街开的“久久酒家”就已经小有名气了，我卖的鸭脖子，算是吉庆街的一绝呢！其实，那是我主演的电影《生活秀》里的桥段，我饰演一位武汉餐饮店的老板娘，这个角色让我对武汉有了难以磨灭的深情，我想，我跟武汉、跟你，都是有缘分的。

虽然你是老板，但你现在做的一切都不是为了挣钱，给医护人员们的餐食，完全是自己贴钱在做。天气（温度）骤降的这几天，还特意煲好了山药鸡汤，用一颗武汉餐饮人的真心，让从全国各地赶来的医护人员都能感到满满的暖意。

我想，你看重的，是比金钱更宝贵的东西。

小邱老板，你说不想当英雄，但在我心里，你既是一个普通的小老板，也是一个不折不扣的英雄。记者采访你的时候，你说只想尽一份自己的力，不能让冲在最前面的人寒心。说这话的时候，你说得很轻，但在我心里却很重。你跟医护人员一样，都是冲在最前面的人，千千万万在武汉与疫情作战的人们，此时此刻都是冲在最前面的人。请你一定要照顾好自己，注意休息，也要做好防护，保护好自己和家人。

我也是一名女性，我知道一线一半以上的医护工作者都是女性，却很少听到女性发声。我想这一次，我们女性声音不再是千古不变的磨炼与奉献，而是专业和能力，也包括小邱老板你。

等到疫情消失的时候，你要好好地给自己放个大假，好好地休息一阵，然后咱们两个餐饮界的“老板”也约起来，我请你吃鸭脖子，你要请我吃热干面，我们不见不散！

此致

敬礼

陶红

二〇二〇年春

扫描二维码，听节目原声

# 新闻当事人

XINWEN DANGSHIREN

邱贝文

最近，一位美丽的“90后”餐馆老板火了。原因如她所说，是再简单不过了——“其实我们真的就是只做了一件很简单很简单的小事，而且我们能力也很有限，就是一个小店。”但正是这小小的一件事，温暖了无数网友的心。

早在疫情暴发初期，“武汉金银潭医院医生大年三十吃泡面”的新闻牵动了无数人的心，邱贝文便是其中之一。作为一名餐馆老板，她在心里悄悄琢磨，自己可以为前方的医护人员做点什么。

“我媳妇这人特别善良，她看别人没饭吃，看得晚上自己在那儿流眼泪。当时我准备睡了，看她一直在那编辑（朋友圈），犹豫了好久。我不知道她在那里干吗，她没跟我商量，估计也不敢跟我说。”回忆起那天的场景，邱贝文的丈夫万路这样说。

那天，邱贝文发布了这样一条信息，愿24小时为医护人员供餐。邱贝文表示，发布朋友圈的初衷仅仅是想尽一点自己的绵薄之力。“医院就是很多很多人，他们缺吃的，我就想给他们送吃的。因为我不认识很多医院的人，所以我发了这个朋友圈。”

发完朋友圈，邱贝文内心非常忐忑，不知能否得到家人的理解，尤其是丈夫万路。因为“根本就没跟他商量”。然而，随着第二天各家医

院的订单蜂拥而至，丈夫成了餐馆的备餐“主力”。

“你不做，我不做，都不做。不能让别人冲在前面寒心啊，连个饭都吃不上。”妻子的决定让万路有点儿“猝不及防”，却也应了他自己的心声。

为免老人担心，邱贝文的朋友圈屏蔽了父母，而弟弟妹妹们看到后主动提出来餐馆帮忙。不久，父母也得知了孩子们的“秘密”。

邱贝文原本以为很难做好老人的思想工作，没想到却意外得到了父母的全力支持。“现在不会有厨师给你们做的，现在他们都是全家上阵。”如志愿者介绍，邱贝文的父母也加入到餐馆的工作中来。买菜、做饭、装盒、送餐，一家人承包了一个流水线。

“都是他一个人做，我们都不会做，就给他打下手。”据邱贝文介绍，由丈夫万路掌厨，一家人忙前忙后，一天下来可供餐 800—1000

份。而这份两荤一素外加鸡蛋或玉米的便当定价 16 元。

“16 块钱，以现在的物价来说，不知道她有没有贴钱，但绝对是没有挣钱的。”提到供餐价格，知情人士对邱贝文一家人的做法充满敬意。

邱贝文说，物资最紧缺的那阵儿，一天的送餐量是 800 份，一家人轮流睡觉，平均睡眠时间 4 小时。最累的时候，他（丈夫）情绪崩溃，直说做不了做不了，结果却还是忙到了夜里两点。

被记者问到去医院送餐是否害怕，邱贝文坦陈：“我们普通人哪有不害怕的呀。但是你会觉得，从别人的眼睛里你可以看得出来别人很感激你，这种感觉其实会把你的那些担心给压迫住。”

邱贝文的店吸引了越来越多的志愿者帮忙送餐，他们的压力得到了缓解，陌生人之间的温情与爱也在小店里逐渐生发蔓延。

也许就像他们写在餐馆墙壁上的那句话——人总要仰望点什么，向着高远支撑起生命和灵魂。

# 携手

## 20

龚格尔：

点亮了武汉黑夜里的灯

—— 致敬前线志愿者车队

20

1月23日上午10点，湖北省武汉市，这个有着一千多万人口的中国中部特大城市，像被按下暂停键，宣布关闭所有公共交通。而同时被切断的，是很多一线医护工作者回家的路。当天，武汉青年黄晓民呼朋唤友，第一时间成立了志愿者“123”车队。在一个多月时间里，车队累计接送了一千多名医护人员上下班，运送了百余趟物资。土生土长的“90后”姑娘陈灵毓，第一时间筹措募捐口罩，义无反顾地加入了志愿者车队。她每天拍摄短视频记录下当志愿者的日子，和乘客互相打气，积极乐观的态度感染了很多网友。

第17封信

时　间：2020年2月25日

发信人：龚格尔

收信人：黄晓民——武汉“123”志愿者车队队长

陈灵毓——武汉志愿者车队队员

2020 年 1 月 23 日，湖北省武汉市为最大程度减少病毒传播，宣布关闭所有公共交通。同日，武汉青年黄晓民考虑到前线人员通勤问题，第一时间成立志愿者车队，取名为那天的日期“123”。英雄从家到工作岗位的距离，有了许多好心司机温暖相送。

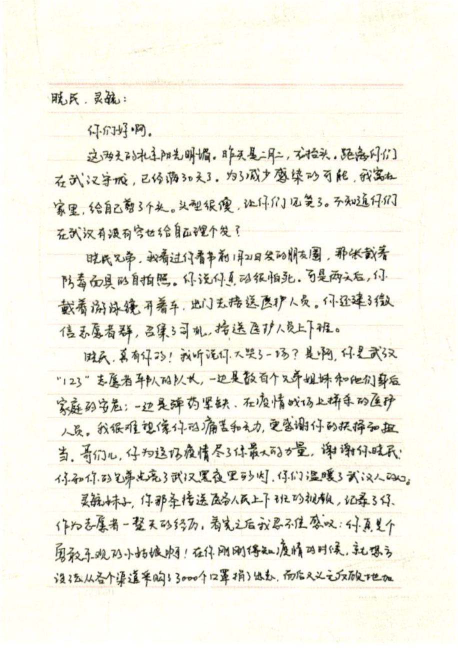
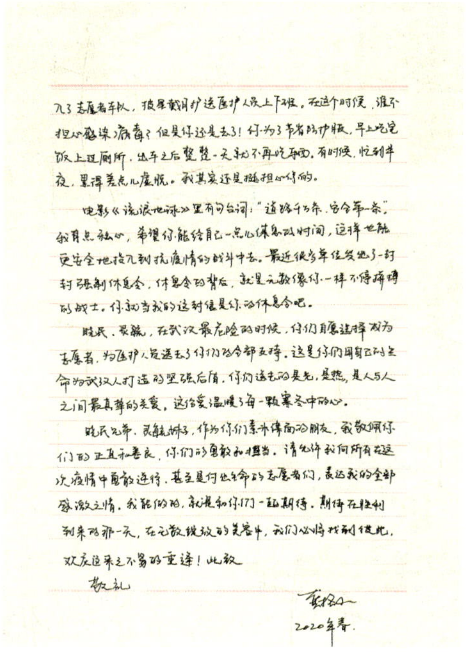

晓民、灵毓：

你们好啊。

这两天的北京阳光明媚。昨天是二月二，龙抬头。距离你们在武汉守城，已经满30天了。为了减少感染的可能，我窝在家里，给自己剪了个头。头型很傻，让你们见笑了。不知道你们在武汉有没有空也给自己理个发？

晓民兄弟，我看过你春节前1月21日发的朋友圈，那张戴着防毒面具的自拍照。你说你真的很怕死。可是两天后，你戴着游泳镜开着车，出门去接送医护人员。你还建了微信志愿者群，召集了司机，接送医护人员上下班。

晓民，真有你的！我听说你大哭了一场？是啊，你是武汉"123"志愿者车队的队长，一边是数百个兄弟姐妹和他们身后家庭的安危；一边是弹药紧缺、在疫情战场上拼杀的医护人员。我很难想像你的痛苦和无力，更感谢你的抉择和担当。哥们儿，你为这场疫情尽了你最大的力量，谢谢你晓民！你和你的兄弟点亮了武汉黑夜里的灯，你们温暖了武汉人的心。

灵毓妹子，你那条接送医务人员上下班的视频，记录了你作为志愿者一整天的经历，看完之后我忍不住感叹：你真是个勇敢乐观的小姑娘啊！在你刚刚得知疫情的时候，就想方设法从各个渠道采购了3000个口罩捐了出去，而后又义无反顾地加入了志愿者车队，披星戴月护送医护人员上下班。在这个时候，谁不担心感染病毒？但是你还是去了！你为了节省防护服，早上吃完饭上趟厕所，出车之后整整一天就不再吃东西。有时候，忙到半夜，累得差点儿虚脱。我其实还是挺担心你的。

电影《流浪地球》里有句台词："道路千万条，安全第一条"。我有点私心，希望你能给自己一点儿休息的时间，这样也能更安全地投入到抗疫情的战斗中去。最近很多单位发出了一封封强制休息令，休息令的背后，就是无数像你一样不停拼搏的战士。你就当我的这封信是你的休息令吧。

晓民、灵毓，在武汉最危险的时候，你们自愿选择成为志愿者，为医护人员送去了你们的全部支持。这是你们用自己的生命为武汉人打造的坚强后盾。你们送去的是光，是热，是人与人之间最真挚的关爱，这份爱温暖了每一颗寒冬中的心。

晓民兄弟、灵毓妹子，作为你们素未谋面的朋友，我敬佩你们的正直和善良，你们的勇敢和担当。请允许我向所有在这次疫情中勇敢逆行，甚至是付出生命的志愿者们，表达我的全部感激之情。我能做的，就是和你们一起期待。期待在胜利到来的那一天，在无数绽放的笑容中，我们必将找到彼此，欢庆这来之不易的重逢！此致

敬礼

[illegible]

2020年春

书信手稿

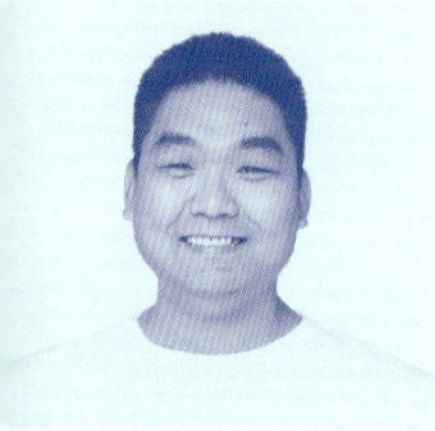

# 点亮了武汉黑夜里的灯

——致敬前线志愿者车队

晓民、灵毓：

你们好啊！

这两天的北京阳光明媚。昨天是二月二，龙抬头。距离你们在武汉守城，已经满30天了。为了减少感染的可能，我窝在家里，给自己剪了个头。头型很傻，让你们见笑了。不知道你们在武汉有没有空也给自己理个发。

晓民兄弟，我看过你春节前1月21日发的朋友圈，那张戴着防毒面具的自拍照。你说你真的很怕死。可是两天后，你戴着游泳镜开着车，出门去接送医护人员。你还建了微信志愿者群，召集了司机，接送医护人员上下班。

晓民，真有你的！我听说你大哭了一场。是啊，你是武汉“123”志愿者车队的队长，一边是数百个兄弟和他们身后家庭的安危，一边是弹药紧缺、在疫情战场上拼杀的医护人员。我很难想象你的痛苦和无力，更感谢你的抉择和担当。哥们儿，你为这场疫情尽了你最大的力量。谢谢你，晓民！你和你的兄弟点亮了武汉黑夜里的灯，你们温暖了武汉人的心。

灵毓妹子，你那条接送医务人员上下班的视频，记录了你作为志愿者一整天的经历。看完之后我忍不住感叹，你真是个勇敢乐观的小姑娘啊！在你刚刚得知疫情的时候，就想方设法从各个渠道采购了3000个口罩捐了出去，而后又义无反顾地加入了志愿者车队，披星戴月，护送医护人员上下班。在这个时候，谁不担心感染病毒，但是你还是去了！你为了节省防护服，早上吃完饭上过厕所，出车之后整整一天就不再吃东西。有时候，忙到半夜，累得差点儿虚脱。我其实还是挺担心你的。

电影《流浪地球》里有句台词："道路千万条，安全第一条。"我有点私心，希望你能给自己一点儿休息的时间，这样也能更安全地投入到抗疫情的战斗中去。最近很多单位发出了一封封强制休息令，休息令的背后，就是无数像你一样不停拼搏的战士。你就当我的这封信是你的休息令吧。

晓民、灵毓，在武汉最危险的时候，你们自愿选择成为志愿者，为医护人员送去了你们的全部支持。这是你们用自己的生命为武汉人打造的坚强后盾。你们送去的是光，是热，是人与人之间最真挚的关爱。这份爱，温暖了每一颗寒冬中的心。

晓民兄弟、灵毓妹子，作为你们素未谋面的朋友，我敬佩你们的正直和善良，你们的勇敢和担当。请允许我向所有在这次疫情中勇敢逆行甚至是付出生命的志愿者们，表达我的全部感激之情。我能做的，就是和你们一起期待。期待在胜利到来的那一天，在无数绽放的笑容中，我们必将找到彼此，欢庆这来之不易的重逢！

　　此致

敬礼

龚格尔<br>二〇二〇年春

扫描二维码，听节目原声

设计者：房琳茹——“我们在一起”2020抗击“新型冠状病毒”全球招贴设计公益征集活动

## 新闻当事人

XINWEN DANGSHIREN

黄晓民　陈灵毓

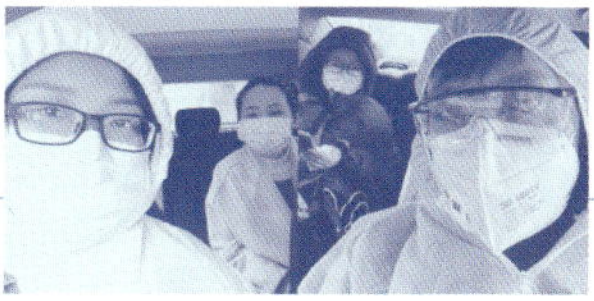

“从公司到我家，会路过四家医院，封城前几天，我就经常看到有一些医护人员下夜班后拦车挺困难的。当时我想其实我可以顺一脚。”黄晓民的这个想法是突然闯入脑海里的，而这一念起之后，就再也无法被动摇。

封城当天，医护工作者的上下班通勤成了大问题，如何让“冲在前面的人”得到最好的后勤保障，黄晓民坐不住了，他知道，自己得立刻行动起来。

1 月 23 日，黄晓民成立了志愿者车队，车队的名字就叫“123”。这个铿锵有力的名字，像一种信号，更像某种精神。“因为现在我唯一能做的就是开车送医护人员上下班了。”如果非要有一个理由，大概只因为这是他想到的唯一力所能及帮助前线英雄的方式吧。

当晚，黄晓民在微信上建了一个名为“武汉医生出行互助群”的群聊，尽可能多地找到同事、同学一起做司机志愿者，吸纳了最早的一批成员。

黄晓民今年三十八岁，家中四代同堂，有个 1 岁的女儿，作为一名市场推广职业人，他的执行能力超强。成立车队的第二天，也就是大年三十，他便带头开始接送医护人员上下班，黄晓民的车队正式行动起来。

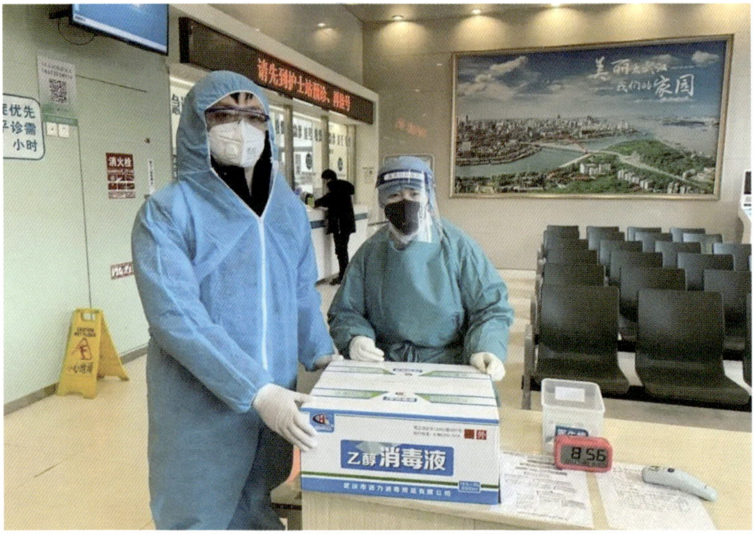


但还没过 5 天，车队就因缺乏防护物资，存在安全隐患，被迫中止行动。办法总比困难多，陌生的志愿者兄弟姐妹选择了不解散，不放弃。接下来 10 天里，黄晓民再次组建 5 个志愿者微信群，共召集到 174 位司机。截至 2 月 25 日，车队累计接送 1000 多名医护人员上下班，运送了百余趟物资。

“1、2、3 像一个开始行动的信号，反应速度快。我没有像大家说的那么伟大、勇敢，我就是想证明一点，还有很多像我们一样连武器都没有的战士在拼命作战，我们一定会胜利的。”面对我们的采访，黄晓民如是说。

同样坐不住的还有武汉土生土长的“90 后”姑娘陈灵毓。在服装公司做销售助理的她，在疫情出现后看到有人在群里求助，便第一时间通过各种途径想办法买了 3000 个口罩捐给医护工作者。武汉市交通停运通知发出后，她便义无反顾地加入了志愿者车队。

为了节省防护服，她每天早晨出车前一定会好好吃一顿早饭，好好上一趟卫生间，因为一旦穿上防护服，她就不再进食或者脱下。而长时间的空腹开车，让她有几次差点累到虚脱。陈灵毓会每天拍摄短视频记录下当志愿者的日子，她和乘客互相打气，积极乐观的态度感染了很多网友。面对媒体采访，陈灵毓有点儿腼腆地说："昨天一天只接了 10 个单子，只帮了 10 个人，心里很惭愧。今天到现在接了 6 个，加油到晚上希望突破 15 个。"

像黄晓民和陈灵毓这样主动接送各医院医护人员、运送物资的志愿者司机还有很多，当地人称他们为——生命的"摆渡人"。志愿者的队伍悄无声息地壮大。在微博"武汉志愿者报名"的话题下，可以看到一条条热血激昂的应召留言，他们也许是司机，也许是厨师，也许是搬运工、理发师，他们有着不一样的专长，却抱持着同样的热忱与信念，前赴后继，不计报酬。退伍军人临时组成的 7 人志愿者队伍成了医疗队里的"编外炊事班"，甚至煲仔饭机器人大厨也走上武汉街头，24 小时无间断免费为一线医护人员供应热饭。

你守护生命，我守护你。无数志愿者携手同行，让这座英雄城市的血液继续涌动。

# 20

# 温度

苏芒：

咖啡的口感和温度不比平日减一分

——致敬武汉爱心咖啡人

从1月26日开始，每天500杯免费咖啡送往附近的医院，成百上千句的“武汉加油”“向您致敬”“有您真好”给抗击疫情的医护工作者提神打气。这家咖啡店的店主叫田亚珍，是个热爱生活的“90后”姑娘。2018年6月，她开了第一家咖啡店。新冠肺炎疫情来势汹汹，医护工作者夜以继日地拯救病患，田亚珍为医护人员送去滚烫香醇的咖啡，给他们的身体暂时解解乏，恢复恢复元气。不平凡时期的非常举动，让这个刚刚成立一年多的咖啡品牌成为疫情蔓延武汉期间城市里的一束微光。一杯热气腾腾的咖啡，传递着最本真的人的温度。全国各地数以万计的网友纷纷通过“云买单”的方式，为医护人员们赠送咖啡，将善意聚沙成塔，积水成渊。

第18封信

时　间：2020年2月26日

发信人：苏　芒

收信人：田亚珍——武汉轻饮咖啡光谷店店主

2020年1月24日，是除夕，也是湖北武汉关闭所有公共交通的第二天。Wakanda轻饮咖啡光谷店“90后”店主田亚珍在微信群里发了一条信息，提议给医院送咖啡，询问是否有人报名。令她自己也没有想到的是，7名本地咖啡师一齐参与。他们用全部的咖啡与爱，为医护工作者驱散疲惫。

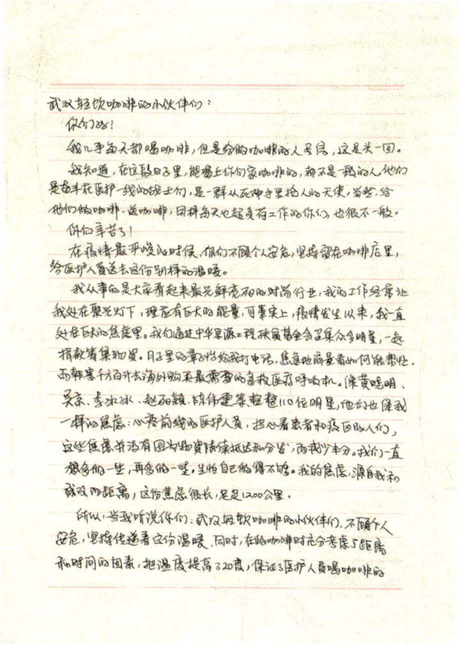

武汉轻饮咖啡的小伙伴们：

你们好！

我几乎每天都喝咖啡，但是给做咖啡的人写信，这是头一回。

我知道，在这段日子里，能喝上你们家咖啡的，都不是一般的人，他们是奋斗在医护一线的战士们，是一群从死神手里抢人的天使，当然，给他们做咖啡、送咖啡，同样每天也超负荷工作的你们，也很不一般。

你们辛苦了！

在疫情最严峻的时候，你们不顾个人安危，坚持留在咖啡店里，给医护人员送去这份别样的温暖。

我从事的是大家看起来最光鲜亮丽的时尚行业，我的工作经常让我处在聚光灯下，理应有巨大的能量，可事实上，疫情发生以来，我一直处在巨大的焦虑里。我们通过中华思源工程扶贫基金会召集众多明星，一起捐款筹集物资。圈子里的朋友们纷纷给我打电话，焦急地商量着如何能帮忙，而韩寒千方百计去海外购买最需要的急救医疗呼吸机。像黄晓明、吴京、李冰冰、赵丽颖、陈伟霆等超过110位明星，他们也像我一样的焦虑：心疼前线的医护人员，担心着患者和疫区的人们，这些焦虑并没有因为物资陆续抵达和分发，而减少半分。我们一直想多做一些，再多做一些，生怕自己做得不够。我的焦虑，源自我和武汉的距离，这份焦虑很长，足足1200公里。

所以，当我听说你们：武汉轻饮咖啡的小伙伴们，不顾个人安危，坚持传递着这份温暖，同时，在做咖啡时充分考虑了距离和时间的因素，把温度提高了20度，保证了医护人员喝咖啡的

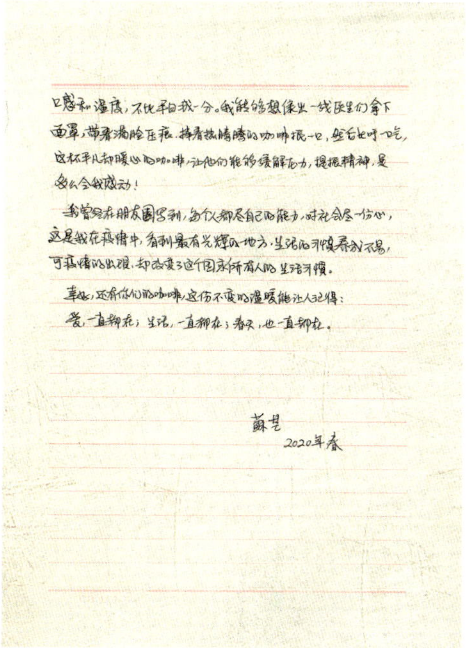

口感和温度，不比平日减一分。我能够想像出一线医生们拿下面罩，带着满脸压痕，捧着热腾腾的咖啡抿一口，然后长吁一口气，这杯平凡却暖心的咖啡，让他们能够缓解压力，提振精神，是多么令我感动！

我曾经在朋友圈写到，每个人都尽自己的能力，对社会尽一份心，这是我在疫情中，看到最有光辉的地方。生活的习惯养成不易，可疫情的出现，却改变了这个国家所有人的生活习惯。

幸好，还有你们的咖啡，这份不变的温暖能让人记得：

爱，一直都在；生活，一直都在；春天，也一直都在。

苏芒

2020年春

书信手稿

# 咖啡的口感和温度不比平日减一分

——致敬武汉爱心咖啡人

武汉轻饮咖啡的小伙伴们：

你们好。

我几乎每天都喝咖啡，但给做咖啡的人写信，这是头一回。

我知道，在这段日子里，能喝上你们家的咖啡的，那都不是一般的人。他们是奋战在医护一线的战士，是一群从死神手里抢人的天使。当然，给他们做咖啡送咖啡，同样每天也超负荷工作的你们，也很不一般。你们辛苦了！在疫情最严峻的时候，你们不顾个人安危，坚持留在咖啡店里，给医护人员送去这份别样的温暖。

我从事的是大家看起来最光鲜亮丽的时尚行业，我的工作经常让我处在聚光灯下，理应有巨大的能量。可事实上，疫情发生以来，我一直处在巨大的焦虑里。

我们通过中华思源扶贫基金会召集众多明星，一起捐款，筹集物资。月子里的章子怡给我打电话，焦急地商量着如何能帮忙，而韩寒千方百计去海外购买最急需的急救医疗呼吸机。像黄晓明、吴京、李冰冰、赵丽颖、陈伟霆等，整整 110 位明星，他们也像我一样地焦急着，心疼前线的医护工作者，担心着患者和疫区的人们，这些焦虑并没有因为物资陆续抵达和分发而减免半分。我们一直想多做一些，再多做一些，生怕自己做得不够。

我的焦虑源自我和武汉之间的距离，这份焦虑很长，足足有 1200 公里。所以，当我听说你们，武汉轻饮咖啡的小伙伴们，不顾个人安危，坚持传递着这份温暖，同时在做咖啡时充分考虑了距离和时间的因素，把温度提高了 20 度，保证了医护人员喝咖啡的口感和温度不比平日减一分。我能够想象出一线医生们拿下面罩，带着满脸压痕，捧着热腾腾的咖啡抿一口，然后长吁一口气。这杯平凡却暖心的咖啡，让他们能够缓解压力，提振精神，是多么地令我感动。

我曾经在朋友圈里写道："每个人，都尽自己的能力，对社会尽一份心，这是我在疫情中看到最有光辉的地方。"生活的习惯养成不易，可疫情的出现却改变了这个国家所有人的生活习惯。

幸好，还有你们的咖啡，这份不变的温度能让人记得——爱，一直都在；生活，一直都在；春天，也一直都在。

苏芒

二〇二〇年春

扫描二维码，听节目原声

## 新闻当事人

XINWEN DANGSHIREN

田亚珍　Wakanda 团队

2020年1月21日，就像每一个临近春节的假期那样，武汉 Wakanda 轻饮咖啡放假，7家店共21名员工大多早早回到老家，只有本地咖啡师仍留在武汉过年。那时谁都没有想到，武汉之后的疫情发展会如此迅猛，以至于两天后便封锁全部公共交通。

轻饮咖啡光谷店店主田亚珍第一时间考虑到了一群特别的顾客，他们就是湖北省中医院的医护人员。由于咖啡馆离这家医院很近，医院里的许多医生、护士都是每天来买咖啡的“超级粉丝”。疫情发展后，医护人员的工作时长和精神压力都大大增强，相应的咖啡馆却鲜有营业。医生们是不是连杯提神的咖啡都很难喝到？想到这里，田亚珍的心里很不是滋味。

1 月 24 日一早，田亚珍在微信群里发了一条消息，“中午谁要来光谷做咖啡”，“要送给湖北省中医院的医生护士白衣天使们”，还特意在句尾加了一个拳头的表情。消息发出，其实田亚珍也不知道结果会如何。出乎她意料的是，这一倡议得到了所有小伙伴的支持，很快，7 名武汉本地的咖啡师积极响应，纷纷表示愿意前来帮忙。他们中的一些人甚至选择先瞒着家人做起来，再慢慢沟通争取得到理解。其中还有一位名叫西纳的伊朗小伙儿，他主动放弃了接他们回国的专机，留在武汉和

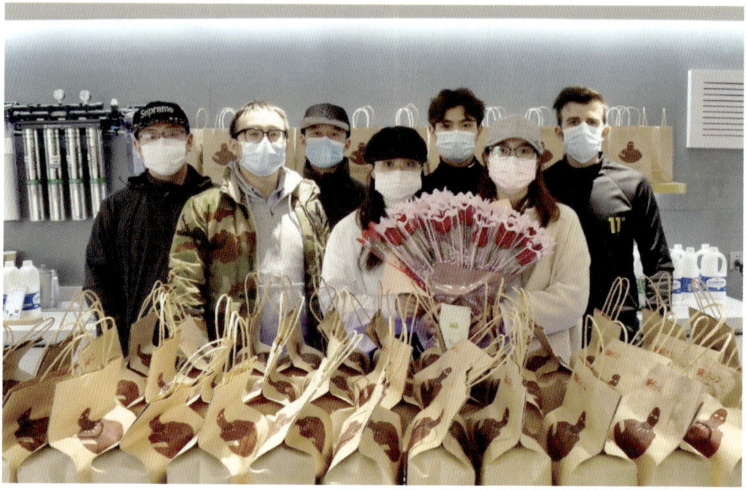

朋友们一起攻坚克难。人在成都的小豪立刻买了飞回武汉的机票，成为“封城”第二天的“逆行者”。机票被取消后，他又通过自驾等方式，回到了小伙伴身边。

1 月 25 日（大年初一），7 位咖啡师准时到店里为房间、设备、手柄消毒，给医护人员的暖心咖啡就这样做了起来。

他们首先选择了离店铺最近的湖北省中医院与中医院花园山院区两家医院。经沟通，医护人员一天的咖啡消耗量约 500 杯，按中午 12 点、下午 5 点两班送出可以最好地配合医护的排班时间。他们贴心地在每杯咖啡上手写 “武汉加油” “向您致敬” “有您真好”字样，表示对医护人员的支持和关爱。情人节那天，他们更是别出心裁地在每个咖啡袋里放上两块巧克力和一束玫瑰花。

就这样，7 位咖啡师，两班倒，每天制作 500 杯咖啡，至今已经累计为一线的医护人员免费提供了近万杯现磨咖啡。

他们的举动，温暖了许多前线医护人员的心。在他们店的微信公众号里，我们看到了很多医护工作者的留言：从早上 8 点一直没喝水没上厕所，回到科室第一件事看到餐桌上摆了好多咖啡，立马打开一口气就干完了一杯，感谢你们的咖啡，等到疫情结束，一定去店里点上一杯。

“有次按约定流程接完咖啡，5 名医护人员突然齐刷刷地向我们鞠躬，我瞬间泪目。我们也赶紧给他们鞠躬，心中有千言万语却不能说，相比做几杯咖啡，医生才是真正的战士，他们的危险、辛苦我们不及十分之一。”面对媒体采访，田亚珍说。

Wakanda 团队的故事被越来越多的人知道，供应商额外为其提供了一部分免费的鲜牛奶，咖啡豆的供应商也提供了 50 公斤免费豆子。网友们则自发地开始给他们捐资捐物，或参与爱心咖啡“云买单”。

团队决定，等疫情结束后成立武汉医护人员专享的“武汉拿铁基金”，捐赠给奋战在抗疫一线的医护人员，并附上捐款名单。

善意从来不是“1 + 1 = 2”的恒等式，而更像是一颗颗有无限潜力的种子。在一次次的传递之后，它播种、生根、发芽，深深地种在了每个人的心里。

当一杯杯咖啡带着温暖与爱传递到每位医护人员的手里，咖啡师特意增加的 20 度保温、杯身上的手写字迹、甜甜的巧克力和盛放的玫瑰……这一切都在告诉我们，爱与春天很快就要来了。

# 乐观

20

于谦：
爱笑的人运气都不会太差
——致信乐观战“疫”的你

20

2020年新年伊始，原本是万家团圆、喜迎春节的日子，却被突如其来的新冠肺炎疫情打乱了。自新冠肺炎疫情发展至今，我们看过了太多分离、伤痛、无助，但在这突如其来的苦难中，也常常感受到坚强、不屈和乐观。这种乐观并不是盲目自信，而是在危难面前，中国人素来就有的众志成城、团结一致的斗志，我们深知自己并不是一个人在战斗。这种乐观不仅体现在一线的医务工作者、驰援武汉的军队身上，还体现在社区工作者、基层民警、志愿者和每一个普通百姓的身上。我们齐携手，再坚持一下，疫情终将过去；日出脱胎于最黑暗的夜，光明终将到来。

第19封信

时　间：2020年2月27日

发信人：于　谦

收信人：爱笑的你——乐观坚强的抗疫人

与生命赛跑的医务工作者，舍小家为大家的基层民警，创造中国速度的建筑工人，奉献而不求回报的志愿者，昼夜奔波的社区工作人员，记录抗疫的媒体工作者，勇敢挺身而出的“90后”们……他们来自各行各业，性格爱好千差万别，却同样保持着乐观的态度，为更好的明天而不懈努力。

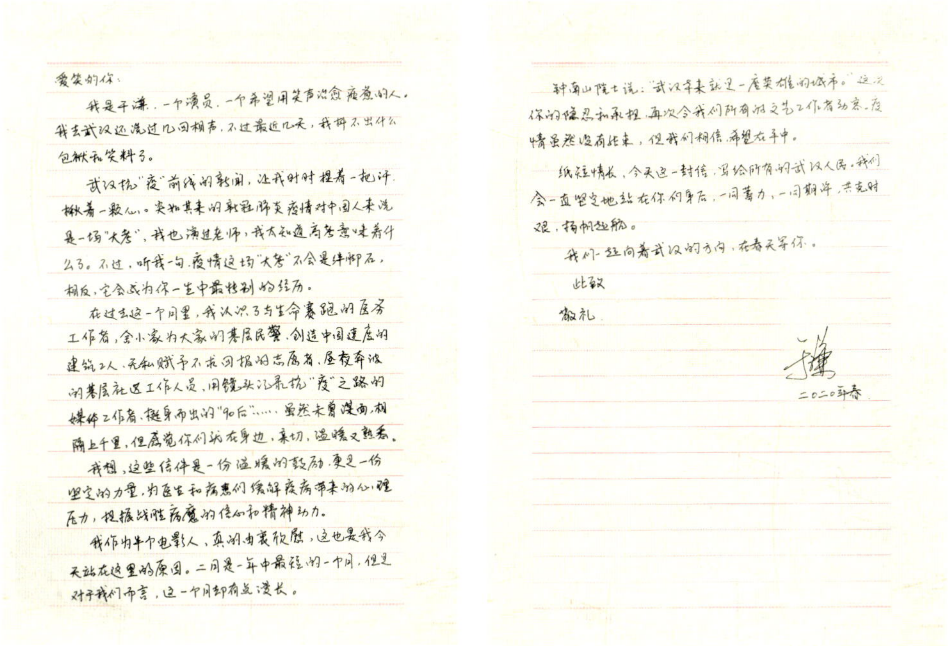

爱笑的你：

我是于谦，一个演员，一个希望用笑声治愈疲惫的人。我去武汉还演过几回相声，不过最近几天，我抖不出什么包袱和笑料了。

武汉抗"疫"前线的新闻，让我时时捏着一把汗，揪着一颗心。突如其来的新冠肺炎疫情对中国人来说是一场"大考"，我也演过老师，我太知道高考意味着什么了。不过，听我一句，疫情这场"大考"不会是绊脚石，相反，它会成为你一生中最特别的经历。

在过去这一个月里，我认识了与生命赛跑的医务工作者，舍小家为大家的基层民警，创造中国速度的建筑工人，无私赋予不求回报的志愿者，昼夜奔波的基层社区工作人员，用镜头记录抗"疫"之路的媒体工作者，挺身而出的"90后"……虽然未曾谋面，相隔上千里，但感觉你们就在身边，亲切，温暖又熟悉。

我想，这些信件是一份温暖的鼓励，更是一份坚定的力量，为医生和病患们缓解疾病带来的心理压力，提振战胜病魔的信心和精神动力。

我作为半个电影人，真的由衷欣慰，这也是我今天站在这里的原因。二月是一年中最短的一个月，但是对于我们而言，这一个月却有点漫长。

钟南山院士说："武汉本来就是一座英雄的城市。"这次你的隐忍和承担，再次令我们所有的文艺工作者动容。疫情虽然没有结束，但我们相信，希望在手中。

纸短情长，今天这一封信，写给所有的武汉人民。我们会一直坚定地站在你们身后，一同蓄力，一同期许，共克时艰，扬帆起航。

我们一起向着武汉的方向，在春天等你。

此致

敬礼

于谦

二〇二〇年春

书信手稿

# 爱笑的人运气都不会太差

——致信乐观战“疫”的你

爱笑的你：

我是于谦，一个演员，一个希望用笑声治愈疲惫的人。我去武汉还说过几回相声，不过最近几天，我抖不出什么包袱和笑料了。

武汉抗疫前线的新闻，让我时时捏着一把汗，揪着一颗心。突如其来的新冠肺炎疫情对中国人来说是一场“大考”，我也演过老师，我太知道高考意味着什么了。不过，听我一句，疫情这场“大考”不会是绊脚石，相反，它会成为你一生中一段最特别的经历。

在过去这一个月里，我认识了与生命赛跑的医务工作者、舍小家为大家的基层民警、创造中国速度的建筑工人、无私赋予不求回报的志愿者、昼夜奔波的基层社区工作人员、用镜头记录抗疫之路的媒体工作者、挺身而出的“90后”……虽然未曾谋面，相隔上千里，但感觉你们就在身边，亲切、温暖又熟悉。

我想，这些信件是一份温暖的鼓励，更是一份坚定的力量，为医生和病患们缓解疾病带来的心理压力，提振战胜病魔的信心和精神动力。

我作为半个电影人，真的由衷欣慰，这也是我今天站在这里的原因。2 月是一年中最短的一个月，但是对于我们而言，这一个月却有点漫长。

钟南山院士说：“武汉本来就是一座英雄的城市。”这次你的隐忍和承担，再次令我们所有的文艺工作者动容。疫情虽然没有结束，但我们相信，希望在手中。

纸短情长，今天这一封信，写给所有的武汉人民。我们会一直坚定地站在你们身后，一同蓄力，一同期许，共克时艰，扬帆起航。

我们一起向着武汉的方向，在春天等你。

此致

敬礼

于谦

二〇二〇年春

扫描二维码，听节目原声

# 新闻当事人

XINWEN DANGSHIREN

有人说，新型冠状病毒感染肺炎疫情期间最动人的，其实并不是眼泪，而是笑容。回顾这段时间，我们已记住了一张张在逆境中微笑的脸，那些身在前线昼夜奋斗却始终带着温暖笑容的、最最可爱的人们。

在这场疫情抗击中，各行各业不论男女老少，都投入到了这场“大考”当中，始终保持着积极乐观的态度，贡献着自己的力量。

为抗击疫情，江苏省苏州市工业园区内的一家口罩生产企业紧急复工，工人们连夜赶制医用口罩。记者赶到现场采访，却恰巧问到了一位动作麻利、思路清晰的“冒牌”工人。

——“之前做过口罩吗？”

——“没有，没有，这是第一次，是在我们口罩厂做这样一个支援。”

受访者李甡原来是某外资企业亚太区总经理，得知有口罩工厂复工后，大年初二就报名参与到一线的生产中，只希望为疫情尽自己的那一份力。工厂里汇集了一百多个互不相识的陌生人，每天看着 20 万个口罩送出，前往抗疫一线，大家都会抬起头彼此笑一笑。

第二位民间英雄，是湖北省利川市菜农秦师傅。

当他从报道中得知前线医护人员由于工作繁忙没有时间去超市采

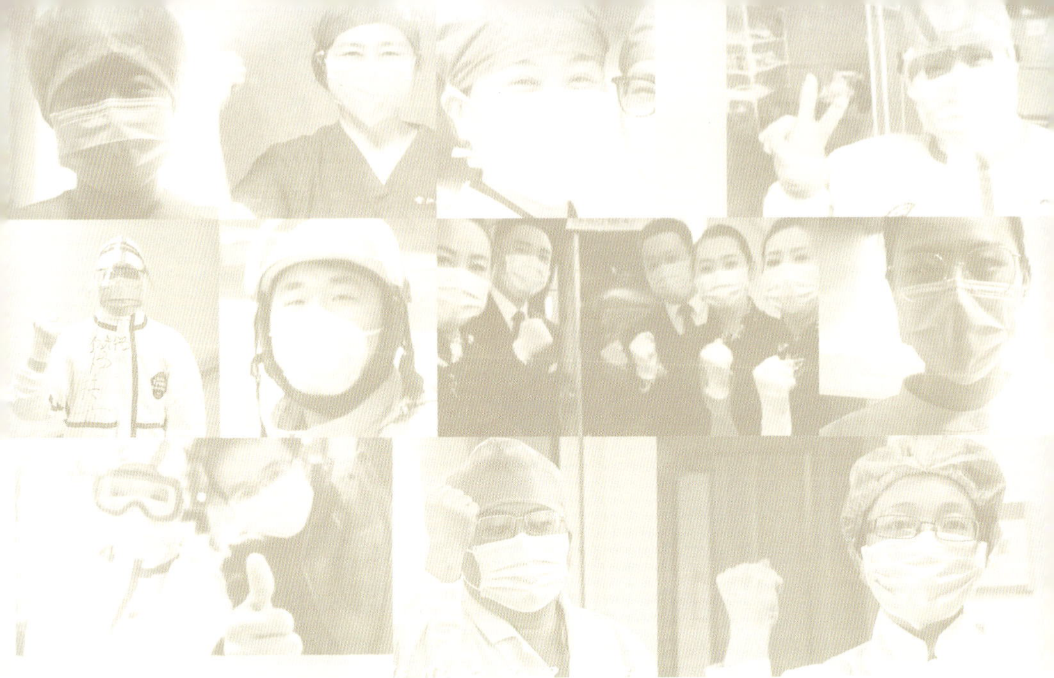

购，常常选择吃方便面后，他决定尽最大努力，为前线英雄送些自家种的新鲜蔬菜。

大年初三，天还没亮，秦师傅就载着蔬菜从家中出发，在寒风中骑40公里电动车向目的地驶去。由于不会用导航，他一路走一路问，终于在下午5点半把24箱新鲜蔬菜全部送到了援鄂医护队入住的酒店。搬菜时，他憨厚地笑着说："菜不好看，好吃。"

第三个故事，来自河南省洛阳市某家具厂老板袁晓宁。

河南省洛阳市某家具厂老板袁晓宁大年初五收到了一份特殊的订单，订单金额20万，所需物品为医疗柜，而"顾客"是湖北武汉的"火神山"医院。

袁晓宁当下决定，"不用买，我们免费捐赠"。由于自家储备不足，袁晓宁把消息发到了当地家具协会微信群，最后集14家企业之力一夜之间完成订单。

当他看到设备齐全的“火神山”医院正式投入使用，打开大门迎接病患，他也笑了。

第四个故事，关于武汉生物工程学院的青年学子。得知前线急需人力，他们纷纷响应号召，主动报名参与到全国各地的抗疫阻击战中。有负责对入院人员进行体温检测的，有协助搬运一线抗疫物资的，有协助交警对所有出入城人员与车辆进行检查管理的……他们做着与自己专业毫无关联的工作，但这成为他们最刻骨铭心的一次“实习”。

最后我们想感谢的，是武汉市人民警察。据了解，截至 2020 年 2 月 17 日，武汉市共计出动警力 3.9 万人次。公安民警、辅警驻守医院维持就诊秩序，蹲守社区，协助转运送治病人，坚守城市出入口，防止病毒输入扩散，全力确保社会治安大局。看到全国疫情防控的数据平稳有序，他们如释重负地笑了……

这些人是 14 亿中华儿女的一分子，也许是除了医护人员外最劳累最危险的人，但面临大考，他们乐观向上，脸上始终带着勇敢乐观的笑容。感谢那些勇敢微笑的前线英雄，爱笑的人运气都不会太差，中国一定能顺利渡过这次难关。

# 同心

20

刘劲：

人民的力量是不可战胜的

—— 致敬每一位普通人

20

自新冠肺炎疫情暴发以来，我相信每个人都希望能多做点事。因为我们不仅有泪水，还有力量。无论是抗疫公益歌曲《武汉，你好吗》、线上活动《万众一心，打赢疫情防控阻击战》、特别节目《两地书》《最美的平凡》《战疫故事》，还是系列公益片《风雨无阻向前进》，以及捐赠60部正能量优秀国产影片，这一切都在说明，电影人和电影频道全体员工和一线的人们在一起。虽然我们没有穿白衣大褂，又相隔上千公里，但我们的心在一起，力量也在一起。透过新闻镜头和视频连线，我们看到了无数耀眼的人民。

第20封信

时　间：2020年2月28日

发信人：刘　劲

收信人：所有中国人民

20期《两地书》温暖寄送，20位中国电影人深情接力；抗疫一线的真实主人公与动人故事，用爱穿越距离，同满怀挂念的你我心心相连。

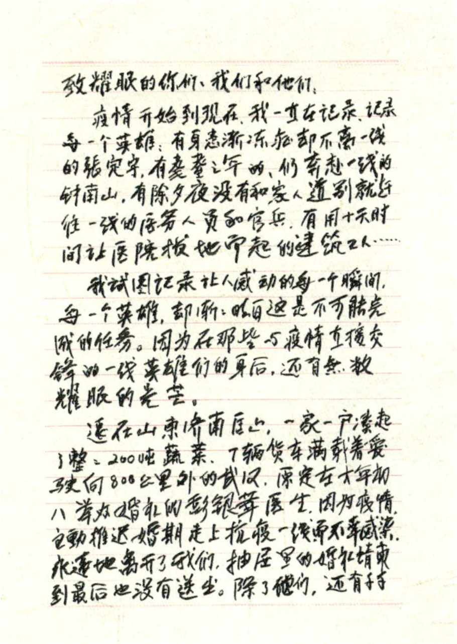

致耀眼的你们、我们和他们：

疫情开始到现在，我一直在记录，记录每一个英雄：有身患渐冻症却不离一线的张定宇，有耄耋之年仍奔赴一线的钟南山，有除夕夜没有和家人道别就奔往一线的医务人员和官兵，有用十天时间让医院拔地而起的建筑工人……

我试图记录让人感动的每一个瞬间，每一个英雄，却渐渐明白这是不可能完成的任务。因为在那些与疫情直接交锋的一线英雄们的身后，还有无数耀眼的光芒。

远在山东济南历山，一家一户凑起了整整200吨蔬菜，7辆货车满载着爱驶向800公里外的武汉。原定在大年初八举办婚礼的彭银华医生，因为疫情，主动推迟婚期走上抗疫一线而不幸感染，永远地离开了我们，抽屉里的婚礼请柬到最后也没有送出。除了他们，还有千千

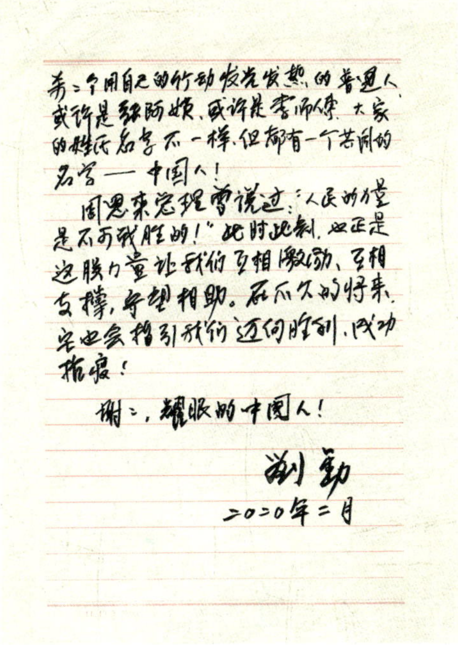

万万个用自己的行动发光发热的普通人，或许是张阿姨、或许是李师傅，大家的姓氏名字不一样，但都有一个共同的名字——中国人！

周恩来总理曾说过："人民的力量是不可战胜的！"此时此刻，也正是这股力量让我们互相激励、互相支撑，守望相助。在不久的将来，它也会指引我们迈向胜利、成功抗疫！

谢谢，耀眼的中国人！

刘勤

二〇二〇年二月

书信手稿

# 人民的力量是不可战胜的

——致敬每一位普通人

致耀眼的你们、我们和他们：

疫情开始到现在，我一直在记录，记录每一个英雄：有身患渐冻症却不离一线的张定宇，有古稀耄耋之年仍奔赴一线的钟南山，有除夕夜没有和家人道别就赶往一线的医务人员和官兵，有用十天时间让医院拔地而起的建筑工人……

我试图记录让人感动的每个瞬间、每个英雄，却渐渐明白这是不可能完成的任务。因为在那些与疫情直接交锋的一线英雄们的身后，还有无数的耀眼的光芒。

远在山东济南的匡山，一家一户凑起了整整 200 吨蔬菜，7 辆货车满载着爱，驶往 800 公里外的武汉；原定在大年初八举办婚礼的彭银华医生，因为疫情主动推迟婚期，走上抗疫一线，不幸感染，永远地离开了我们，抽屉里的结婚请柬到最后也没能送出。除了他们，还有千千万万个用自己的行动发光发热的普通人，或许是张阿姨，或许又是李师傅；大家的姓氏名字不一样，但都有一个共同的名字——中国人！

周恩来总理曾说过：“人民的力量是不可战胜的！”此

时此刻，也正是这股力量让我们互相激励、互相支撑、守望相助。在不久的将来，它也会指引我们迈向胜利，成功抗疫！

谢谢，耀眼的中国人！

刘劲

二〇二〇年二月

扫描二维码，听节目原声

# 新闻当事人

XINWEN DANGSHIREN

《两地书》所寄出的第二十封信，献给同心抗疫的最美群体——中国人；而20期《两地书》节目，所深情记录并致敬的正是那些英勇坚守抗疫职责的中国人民。

他们之中，有为亿万同胞敬仰的真心英雄：

年逾八旬仍奋不顾身奔赴抗疫最前线的钟南山院士与李兰娟院士；“疫情上报第一人”、湖北省中西医结合医院呼吸与重症医学科主任张继先，与身患“渐冻症”却不离临床一线的武汉市金银潭医院党委副书记、院长张定宇……

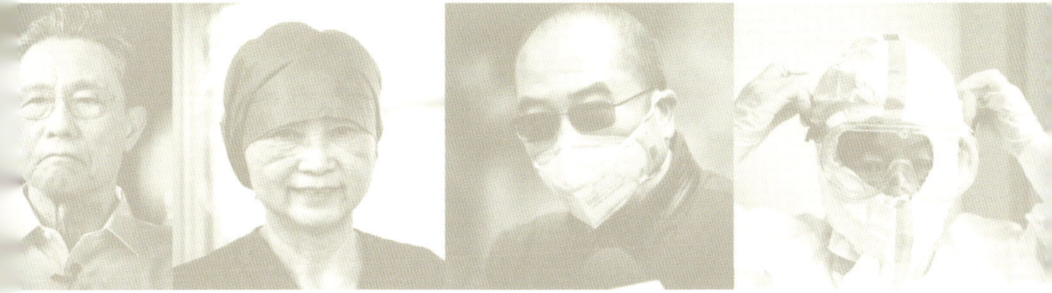

他们之中，也有默默践行不朽壮举的抗疫战士：

年节团圆之际离家，甚至来不及与家人道别便赶往抗疫一线的医护与官兵；为投身抗疫推迟婚期、却因感染殉职的彭银华医生与同样因感染新冠肺炎倒在抗疫一线的医生李文亮……

而他们中更多的，是像你我一样平凡，却用不凡举动闪耀发光的中国百姓：

八方来援、为建设医院与时间赛跑的建筑工人；济南匡山自发收割、装箱、运送，为疫区捐赠200吨蔬菜的农民兄弟……

每一个看似平凡却堪称伟大的灵魂，都令人感动不已。

神州大地，每一位耀眼的中国人，终将用自己的坚守书写中国的光芒。

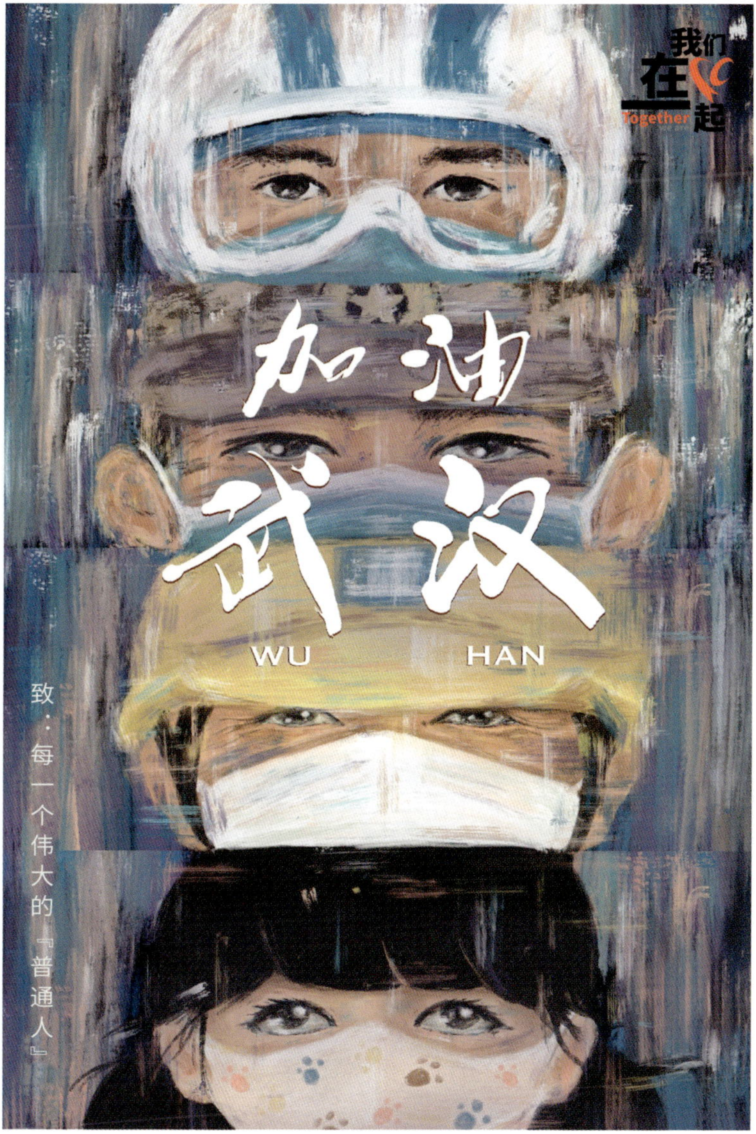
我们
在
一起
Together
加油
武汉
WU HAN
致：每一个伟大的『普通人』

设计者：万晴——『我们在一起』2020抗击『新型冠状病毒』全球招贴设计公益征集活动。

# 艺人寄语

以艺人发声时间为序

20

20

# 万众一心
# 打赢疫情防控
# 阻击战

新冠肺炎疫情牵动人心，习近平总书记指出：“生命重于泰山，疫情就是命令，防控就是责任。”中国电影人响应中央决策部署，发挥自身社会影响力，奉献自己的爱心与力量。

**成龙**

逆行的白衣天使，你们是真正的英雄，有你们在，希望就在，春天就在，谢谢你们！你们为病人付出一切，我们也想为你们付出，你们疫区的尖兵，我们是你最坚强的后盾。加油，我们的英雄们！

**李冰冰**

为武汉加油，为所有奋战在一线的医护人员、工作人员加油！向你们致敬，你们辛苦了。这次的疫情传染性极高，所以大家一定要做到少出门，不聚集，一定要佩戴口罩，勤洗手，多通风，多消毒。咱们万众一心，一定能够打赢这场疫情防控的战役，大家一起加油！

**吴亦凡**

向一线医护工作者致敬，你们辛苦了。防疫期间大家一定要勤洗手，不聚会，少出门，如果一定要出门的话，必须要戴好口罩。武汉加油，相信我们一定可以齐心协力，战胜疫情。

**黄晓明**

祝大家新年好。致敬所有奋战在一线的医务工作者和科研人员，希望大家科学预防，保护自己和他人，正确佩戴口罩，尽量不去人群密集地，最后，为武汉人民加油鼓劲。相信我们的国家一定会早日战胜疫情。

**赵薇**

隔离病毒绝对不是隔离爱，万众一心，众志成城，打响这场疫情防控战。加油武汉，加油中国！

**江疏影**

向所有奋战在防控新冠肺炎疫情一线的医务工作者致敬，愿你们都能够平安归来。防控疫情从你我做起，出门戴口罩，勤洗手，常通风，不聚会，少出门，感谢所有为防控疫情而努力的人们，认真做好各项防控防护工作，携手打赢这场疫情防控战。加油武汉，加油湖北，加油中国！

**蔡徐坤**

在这个特殊时期，大家一定要戴好口罩，保护好自己，也在这里向所有的医护人员致敬！

**关晓彤**

向所有始终奋战在一线的医护人员们致敬，我们记得一定要尽量减少外出，不去人群密集的场所，出门记得戴口罩。隔离病毒绝不是隔离爱。加油武汉，加油中国！

**陶红**

为所有奋战在一线的白衣天使点赞，致敬逆行者，愿你们平安归来！我们坚信，没有一个冬天不可逾越，没有一场疫情不可战胜。对抗疫情，我们永远都是一家人，让我们同心协力一起渡过难关。武汉加油，中国加油！

**苏有朋**

新型冠状病毒肺炎疫情牵动人心，让我们一起为武汉加油，并向一线医务者们致敬！戴口罩，勤洗手，不聚会，少出门，最重要的是不信谣，不传谣。相信我们一定会打赢这场防疫战！

**王一博**

少出门，勤洗手，戴口罩，室内勤通风，室外少聚集，打喷嚏捂口鼻，喷嚏后慎揉眼。远离野生动物，食物煮熟再吃，注意个人卫生。如有症状请及时就医，保护自己，保护家人，保护他人。防控疫情，我们在一起。

**黄景瑜**

这个春节少出门，戴口罩，勤洗手，记得室内通风，不听信谣言。祝福大家平平安安，向守护我们的人致敬！

**林允**

抗击新冠肺炎，希望各地朋友以及家人们戴口罩，勤洗手，勤消毒，多通风，不聚会，不出门，不给疫情传播任何机会。武汉加油，加油中国！希望所有人都平平安安、健健康康。

**宋祖儿**

现在疫情严重，大家一定要多多注意防护，戴好口罩勤洗手，少去人流密集的地方。我们一起帮助武汉，共渡难关，从我做起！

**马丽**

最近病毒来袭，大家节日期间也不要放松警惕，出门一定一定要戴好口罩，少去人流密集的地方，回家第一时间一定要消毒洗手，保护好自己。战斗在抗击疫情第一线的医护人员，你们辛苦了，向你们致敬，愿所有人都能够平安健康！

**倪大红**

生命重于泰山，疫情就是命令，防控就是责任。请全国人民支持各项防疫工作，戴口罩，勤洗手，不聚会，少出门，宁得一次谨慎，就阻断了一次病毒传播的可能。

**吴谨言**

戴口罩，勤洗手，不聚会，少出门，科学防疫，从我做起。

**董成鹏**

新冠肺炎疫情来袭，感谢奋战在一线的医务工作者们，请你们在护佑这座城市的同时一定要保重自己，向无畏逆行的白衣天使致敬。为武汉加油！

**郭涛**

万众一心，打赢疫情防控阻击战，在这里我们要为武汉人民加油鼓劲，大家齐心协力，战胜疫情。此时还要跟在抗击新冠肺炎第一线的救死扶伤、迎难而上的医护工作者说一声，你们辛苦啦！正因为有你们在进行艰苦卓绝的斗争，我们才能够健康平安，在这里我也想提醒所有的朋友们，尽量少出门，不聚会，佩戴口罩，勤洗手，不去那些人流密集的地方。同时我们也要不信谣，不传谣，坚定信心，同舟共济，科学防治，万众一心，打赢这场疫情防控阻击战！

**杨蓉**

我在这里向所有奋战在一线的医务工作者致敬，同时也希望大家可以支持各项防疫工作，戴口罩，勤洗手，不聚会，少出门，我们一起齐心协力战胜疫情。

**陈坤**

我倡议支持各项防疫工作，文明过年，必戴口罩，勤洗手，少出门，避免聚会，保护好自己，也是对他人负责，我们一起加油。

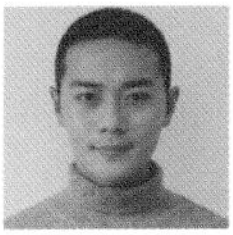

**曹骏**

向所有的一线医务工作者致敬，这段时间一定记得戴口罩，勤洗手，不聚会，少出门，这场疫情我们一定能够胜利。

**陈伟霆**

在对抗新冠肺炎的这个时期，希望大家要注意个人的卫生，勤洗手，出门在外面的时候多戴口罩，尽量不要去人流多的地方，尽量待在家里面。在这里也对前线的医护人员说声，感谢你们所有的付出。你们是我们心目中的英雄，谢谢你们站在最前线。加油！希望大家也保持身体健康，尽快渡过这个难关。加油！中国加油！

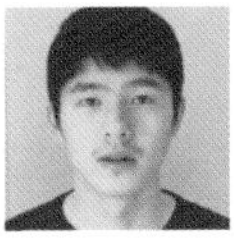

**刘昊然**

为武汉人民加油，向一线医务工作者致敬。勤洗手，戴口罩，少出门，做好防护措施，保护好自己。抗击疫情，我们一起行动起来，让我们一起打赢这场疫情防控战。

**韩庚**

疫情期间我们要注意家中卫生，保持健康的生活习惯，增强免疫力。作为儿女一定要给父母做好科普，保护好咱爸咱妈。希望大家跟我一起行动，最后向全体抗击疫情前线的医务工作者和科学家致敬，你们辛苦了。希望你们保重身体，等待你们早日凯旋！

**欧阳娜娜**

疫情当前，请大家记得一定要戴好口罩，勤洗手，少出门，少聚会。保护好自己，也是对他人负责。请大家关注官方消息以及权威媒体，不要轻信传言。在这里要向所有战斗在一线的医务工作者们致敬，防控疫情我们一起努力。加油！

**艾伦**

新冠肺炎疫情来袭，感谢奋战在一线的医护人员，请你们在护佑这座城市的同时保护好自己，向无畏逆行的白衣天使致敬！

**吴樾**

这个春节不出门，少聚餐，一定要记着戴上口罩。让我们万众一心战胜疫情，武汉加油，白衣天使加油！

**岳云鹏**

我每天都在关注新闻，每天都在关注着这场疫情。我们只是一名小小的演员，我们不知道我们的力量有多大，但是我们向所有的医护人员致敬，愿你们都平安归来。我们力量很小，但是我们能做到不信谣，不传谣。我们希望每一个人尽量避免跟他人接触。我们能打赢这一场仗，朋友们，愿你们早点回来。加油武汉，加油中国！

**李易峰**

勤洗手，多通风，戴口罩，少聚集，从我做起，带动全家支持防疫，就是对所有医护人员的最好致敬。万众一心，众志成城，一起打赢疫情防控战。武汉加油，中国加油！

**苏青**

预防新冠肺炎从我做起，勤洗手，戴口罩，少出门，不聚会。借此机会，向奋战在全国一线的医务人员致敬，谢谢你们。武汉加油，中国加油！

**范明**

新型冠状病毒并不可怕，只要我们万众一心，积极配合政府做好相关工作，从细节做起，少出门，不聚会，勤洗手，戴口罩，就一定能控制住疫情。最后向战斗在疫情一线的全体医务工作者致以崇高的敬意，你们辛苦了。武汉加油！

**王迅**

肺炎疫情来袭，感谢奋战在一线的各位医护人员，请你们在保佑这座城市的同时，一定一定保护好自己。向无畏逆行的白衣天使致敬！同时也建议各位勤洗手，戴口罩，人多不去凑热闹，咳嗽发烧赶紧就医。为武汉加油！

**文淇**

我们在过年，而你们却在帮我们过难关。你们是最美的逆行者，致敬每一位一线医护人员，感谢每一位白衣天使。谢谢你们！万众一心，众志成城，让我们一起打赢这场疫情防控战。武汉加油，中国加油！

**苗苗**

近期新冠肺炎疫情严重，大家一定记得出门戴口罩，回家勤洗手。如果感觉身体不适，应及时就医，积极预防，从我们每一个人做起。武汉加油，湖北加油！

**朱一龙**

做为一名武汉人，我时刻都在关注武汉的疫情。我看了很多新闻，也跟在武汉的亲戚朋友打电话，我知道大家最近生活有很多不便的地方，但是我也知道我们每一个武汉人都在努力地保护这座城市。在这里我特别想感谢在这个时间还坚守在自己的岗位让武汉正常运转的人，我也特别感谢所有奋战在一线的医护人员，你们辛苦了。武汉加油，中国加油，一切都会好起来的！

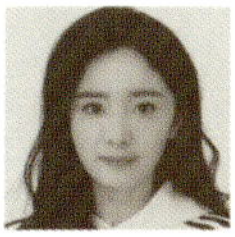

**杨幂**

为武汉加油，向一线医务工作者致敬。大家齐心合力，一定能打赢这场疫情防控战，还要叮嘱大家一定要戴口罩，勤洗手，勤通风，不聚会，少出门，做好防护，我们永远在一起。

**朱时茂**

冠状病毒不得了，人人参与少不了。说归说，笑归笑，出门必须戴口罩。

**张南**

所有战斗在防疫一线的医务工作者们。你们辛苦了，希望你们一定要保护好自己，早日打赢这场战役，平安归来。

**高雨儿**

向所有战斗在一线的医务工作者致敬，最美的白衣天使，加油，挺住，你们是最棒的，等你们凯旋。让我们一起为武汉加油，为中国加油。让我们齐心协力一起渡过难关，打赢这场防疫战。

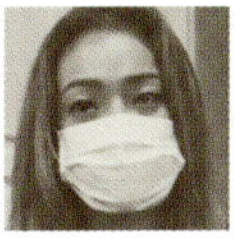

**容祖儿**

向前线的医护人员和工作人员致敬，谢谢你们的付出，你们辛苦了。同时我也希望大家能够注意卫生，戴口罩，勤洗手，不聚会，少出外，这样才能保护自己，减少医护人员的负担。我们齐心合力一定能战胜疫情，加油！

**宋佳**

一起支持各项防疫工作，戴口罩，勤洗手，不聚会，少出门。面对疫情，我们万众一心，携手共克时艰，也向一线医务工作者致敬。武汉加油！

**陈赫**

戴口罩，勤洗手，多通风，用公筷，少去人流密集的场所，平安健康过大年。防控疫情刻不容缓，向一线医护人员致敬！你们的平安是我们最大的牵挂，防控疫情我们在一起。

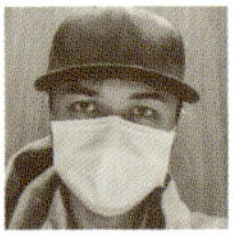

**古巨基**

现在的疫情非常严重，希望我们每一位都要非常非常注意卫生，多洗手，要常常戴口罩。有时候见到一些朋友戴口罩可能会戴到掉下来，其实这个是不对的戴法。戴上之后应该要轻轻捏一下铁件的部分，让口罩紧贴脸部，这样才能起到一个保护的作用。希望疫情能早日控制下来，疫情早日过去，一起加油！

**叶祖新**

戴口罩，勤洗手，不聚会，少出门。向一线的医务工作者致敬，为武汉人民加油，齐心协力战胜疫情。

**钟欣潼**

我要向武汉的人民还有一线医护人员工作人员致敬，你们辛苦了。我们要做到的是勤洗手，勤消毒，不聚集，少出门。我们万众一心，一定能做到的。加油！

**谢霆锋**

武汉的人民请加油！在这里也希望跟所有前线的医务人员致敬。大家一定要坚持渡过这个难关。在这里也呼吁一下，希望大家多洗手，一定要做好自己的安全措施、清洁措施，不要太多聚会。加油！

**张雪迎**

抗击新冠肺炎，感谢一线医护人员。我倡议戴口罩，勤洗手，保护自己也是对他人负责。加油武汉，平安中国。

**邓超**

首先向所有奋战在一线的医护人员和工作人员致敬，你们辛苦啦！同时我也想呼吁，我们所有人都支持防疫工作，戴口罩，勤洗手。我相信大家在一起，众志成城，万众一心，一定可以打赢这场防疫战。湖北加油，武汉加油，中国加油！

**惠英红**

为武汉加油，所有在抗疫前线的工作人员、医护人员，你们辛苦了，我向你们致敬。所有的朋友，请你们记住，不要在外面人多的地方聚集。如果你出门，必须要戴口罩，勤洗手。留在家里，要打开窗户，让空气流通。这一次的疫情传染性非常高，请你们告诉所有的老人家，没有必要不要出门，出门一定要戴口罩，要多洗手。我们万众一心，这一次的疫情我们一定会打胜。

**杨洋**

向奋战在一线的医务工作者们致敬。你们是逆行的白衣天使，谢谢你们的无私奉献。这次疫情防控期间，需要大家从自我做起，勤洗手，多通风，少聚集，外出一定要戴口罩，不信谣不传谣。抗击疫情，支援武汉。武汉加油，中国加油！我们齐心协力，打赢这场防疫战。

**叶青**

首先我要向一线医务工作者致敬。其次我们号召全国人民支持各项防疫工作，戴口罩，勤洗手，不聚会，少出门。最后我为武汉人民加油鼓劲。我们齐心合力，战胜疫情。加油！

**林心如**

向一线的医护人员致敬，你们辛苦了。也要在此呼吁大家，一定要勤洗手，少聚会，出门戴口罩。相信我们一定可以战胜疫情。武汉加油！

**成泰燊**

向所有奋战在一线的工作者们致敬。平安是最大的团圆，我们一起为武汉加油，我们一定能打赢这场防疫战。

**蔡卓妍**

向所有在前线的医务人员、工作人员致敬，大家都辛苦了。希望大家都记得戴口罩，勤洗手，多消毒，少出门，不聚会，注意个人卫生。大家团结一心，一起做好防备措施，抵抗病毒，保护好自己和他人。

**张元坤**

新型冠状病毒感染肺炎肆虐全国。请大家一定要做到勤洗手，注意个人卫生。出门时一定要正确佩戴口罩。让我们一起共渡难关。武汉加油，中国加油！

**孙阳**
新冠肺炎疫情来袭，呼吁大家戴上口罩，减少接触密集人群，为武汉加油。

**洪尧**
大家日常注意防护，戴口罩，勤洗手，不聚会，少出门。一次性医用口罩佩戴时，尽量不要触碰口罩。摘下口罩时，请立即洗手。同时向所有一线医务工作人员致敬。武汉人民加油，全国人民加油！我们齐心协力，共同对抗瘟情。

**沈月**
向所有奋战在新冠肺炎疫情前线的工作人员和医疗工作者表达我的敬意，你们辛苦了。希望你们在抗击疫情的同时，也一定一定要保重好自己的身体。抗击疫情从个人防护开始做起，我们要做到避免出入人口密集的场所，比如说影院、商场，还有 KTV 等地。要勤洗手，勤通风，注意消毒，注意个人卫生，提高自身的免疫力。

**朱亚文**
面对疫情，我们不要恐慌，也不要掉以轻心。大家一定要正确戴口罩，勤洗手，不聚会，不扎堆，不信谣言，不传谣言。向奋战在一线的医务工作者们致敬。防控疫情，我们在一起。

**王丽坤**
向所有奋战在控制疫情一线的医护人员们致敬。呼吁大家不聚餐，少出门，勤洗手，出门一定要戴口罩。记住，保护好自己，就是保护好家人。加油！

**白宇**
抗击新型冠状病毒感染肺炎疫情，我们在行动。请大家减少外出，外出的时候一定要戴口罩。同时，向所有一线医务工作者致敬。你们辛苦了。白衣天使加油！

**周迅**
大家过年好，希望大家都能够留在家里边，不聚会，如果要出门的话，请你们一定要戴口罩，勤洗手，不信谣，不传谣，然后在这儿向全国的医务人员致以最崇高的敬意。希望你们平安，也希望你们辛苦之余，能够休息。祝大家新年吉祥如意！

**李克勤**

对抗这一次的疫情，希望大家可以尽量少出门，不聚会，一定要戴口罩，还有勤洗手。武汉的人民加油，所有医护人员加油。希望大家可以同心合力，战胜疫情。

**吴磊**

向全体抗疫前线的医务工作人员致敬。希望你们也保护好自己，同时也希望大家带着自己的家人朋友做好防护措施。在疫情期间勤洗手，多通风，不聚会，关注官方发布，不造谣不传谣。武汉加油！

**任达华**

戴口罩，勤洗手，不聚会，少出门，向一线医务工作者致敬！

**杜江**

近期，新型冠状病毒感染肺炎在我们的身边肆虐，有很多同胞不幸感染了。关于这次疫情的新闻，时刻牵动着我们所有人的心。在为这些感染的同胞担忧、牵挂、痛心的同时，也为一批又一批前赴后继的白衣天使的精神感动着。希望我们身边所有的朋友可以重视疫情，做好个人防护。在春节期间尽量少走动，少外出，出门记得戴口罩，回家记得勤洗手。我相信我们的医护工作者，也相信我们所有疫区的同胞们，一定会克服这次困难，战胜疫情。我相信最终的胜利一定是属于我们的。大家加油。

**方中信**

为武汉加油，为所有前线医务人员、工作人员加油。大家要好好保护自己，一定能渡过这个难关。

**任贤齐**

之前在武汉完成了我的跨年演唱会，谢谢武汉乡亲们对我的支持，还有热爱。谢谢你们。现在武汉面临着非常严峻的时刻，我相信我们团结一心，共同努力，一定能够打赢这场艰难的战役。谢谢在前线为我们奋战的医护人员们，祝愿大家平安、健康，谢谢你们。武汉加油，湖北加油。我们一定能够赢的！

**吴尊**

在这边我要向所有正在控制疫情的一线的医务人员，还有所有的医护工作者致敬。希望大家可以好好地保护自己，然后不要去人多的地方，要记得戴口罩，要勤洗手。希望我们可以一起共渡这个难关。加油！

**杨祐宁**

这个春节我们停住了出行的脚步。在这边希望所有的朋友们，一定要记得勤洗手，注意消毒。希望在这边也能够为勇敢站在第一线的白衣天使们加油，向你们致敬。谢谢你们在这个春节守护着我们。希望我们在你们的背后，能成为你们坚强的后盾。我们一起加油。武汉加油！

**卜冠今**

疫情当前，不信谣不传谣，不随意出门走动，保护好自己就是对他人负责。更要向战斗在一线的医务工作者们致敬。新的一年希望每个人可以平安健康。武汉加油，湖北加油！

**张天爱**

抗击新冠肺炎，我倡议：取消家庭聚会，不要出门拜年。在哪儿过年都是过，平平安安过大年。

**马思纯**

让我们一起支持防疫工作。戴好口罩，勤洗手，少出门，照顾好自己和自己的朋友家人，万众一心，携手共渡难关。天佑武汉，天佑中国，向奋战在前线的医务工作者致敬！

**马德华**

学会戴口罩，既保护自己，又保护他人。相信政府，抗击疫情。让我们共同行动。

**文牧野**

在此我要向所有奋战在疫情一线的医务工作者致以最崇高的敬意，希望大家一定要保护好自己，早日归来。让我们一起，众志成城，打赢这场没有硝烟的攻坚战。

**白百何**

2020 新年伊始，病毒疫情让全国人民紧紧地团结在一起。在这里想倡导大家一起携手，抗击病毒。我们一定要少出门，少聚会，戴口罩，勤洗手，保护好我们自己，也保护好我们的家人。最后向奋战在一线的医护人员致敬，希望你们一定要保护好自己，早日健康归来。万众一心，一起携手，打好这场病毒的防疫战。

**娄艺潇**

向奋战在一线的医护工作者们致敬。你们辛苦了，希望这场疫情能够尽快地战胜。希望大家都能平平安安。

**周游**

向全国的医护人员表示最崇高的敬意。在春节期间，希望大家一定要勤洗手，戴口罩，避免出行。中国加油，武汉加油。我们一定能战胜疫情！

**陈都灵**

我要向所有始终奋战在一线的医护人员们致敬，希望你们能够平安归来。加油武汉，加油中国！

**佟大为**

大家好，疫情防护，人人有责。非常时期，非常对待，大家一定要注意防范，避免侥幸心理。减少出行，取消聚会，平安过年。让爸爸妈妈也戴上口罩，保护好自己和家人就是对医务人员最大的尊重和贡献。同时向每一位奋战在一线的医务人员致以最崇高的敬意，请你们也要保护好自己，我们一起渡过难关。武汉加油，中国加油！

**李光洁**

新冠肺炎疫情来袭，感谢奋战在一线的医护人员，请你们在保护好这座城市的同时，也能保护好自己，向无畏逆行的白衣天使致敬。湖北加油，武汉加油！

**万茜**

致敬疫情中的逆行者们，致敬奋战在一线的医护人员们，希望你们平安。众志成城，抗击疫情，相信我们一定可以打赢这场疫情防控阻击战。

**六小龄童**

疫情无情人有情，在此向战斗在第一线抗击疫情的医务工作者表示深深的敬意。万众一心，防控疫情，从我们每个人做起。

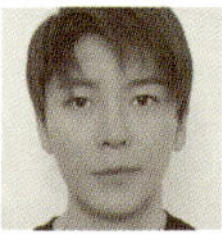

**王嘉**

我要特别向奋战在一线的医疗工作者致敬。新年快乐，你们辛苦了。请保护好自己，同时请大家积极支持防疫工作，戴口罩，勤洗手，少出门，齐心协力，战胜疫情。

**王宝强**

这个春节是个特殊的春节，健康平安成为我们每一个人的心愿，向奋战在一线的医务工作者们致敬！对医务人员最大的支持，就是保护好我们自己的身体。希望大家少出门，不扎堆，做好卫生，避免恐慌。我们要相信国家，我们万众一心，一定可以打赢这场防疫战。

**刘劲**

防控疫情我们在一起，就一定能够战胜病毒。在这里我要向全国的医务工作者，尤其是奋战在一线的医务人员，致以崇高的敬意。让我们的家人和朋友，尽量减少不必要的外出和聚会。这就是对防控疫情最大的支持和贡献。不信谣，不传谣，让我们一起共渡难关。武汉加油，中国加油！

**郑合惠子**

疫情期间我们要注意卫生，勤洗手，勤通风，多锻炼，保持健康的生活习惯，出门佩戴口罩。万众一心，打赢疫情防控阻击战。最后向疫情前线的医务工作者致敬。希望你们保重身体，等待你们早日凯旋。

**涂们**

疫情牵动人心。致敬所有人的坚守。防范于未然，从我做起。少出门，不聚会，不去人群聚集地。戴口罩，勤洗手，保护好自己。为了亲人朋友，为了我们的城市和国家，我们所有人的留守都值得。

**黄渤**

突如其来的疫情，牵动着所有人的心。感谢此时奋战在一线的医护人员，也感谢因为疫情坚守在岗位上的工作人员，你们辛苦了。大家一起支持各项防疫工作，让我们万众一心，打赢防疫防控阻击战！

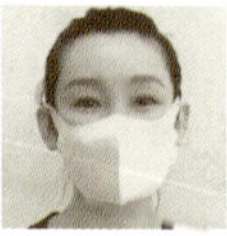

**秦海璐**

为武汉加油，向一线的医务工作者们致敬。让我们一起做到戴口罩，勤洗手，做好防护措施，抗击疫情。我们一起行动起来，打赢这场疫情防控战。

**徐冬冬**

特别想对战斗在一线的医护人员表示致敬，每一个医护人员也都跟我们一样，有关爱和担心他们的家人。他们能放得下家人，无条件地为我们付出，真的非常伟大。我们能做的就是保护好自己，保护好家人。勤洗手，多通风，少聚集，出门一定要戴口罩。因为我们健康，就是对医护人员最大的关爱。众志成城，从我做起。武汉加油，中国加油！

**许凯**

武汉的朋友请相信，全国人民的心都和你们在一起。让我们一起努力，一起加油。齐心合力，战胜疫情。加油！

**耿乐**

向身在前线的每一位工作人员致敬，你们辛苦了。隔离病毒但隔离不了爱，我们的心始终和你们同在。多消毒，勤洗手，戴口罩，发热症状及早看。加油武汉，加油中国！

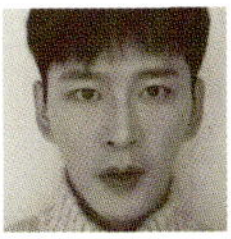

**黄宥明**

抗击肺炎疫情，我们在行动。请大家不要出门，如果一定要出门，请戴上口罩，勤洗手，不要参加聚会。抗击肺炎疫情，我们一定能成功。

**陆妍淇**

最近疫情严重，大家一定要记得少出门，勤洗手，出门佩戴口罩，远离野生动物。武汉加油，中国加油。向一线医务人员致敬。

**饶晓志**

过了年关就一定会渡过难关，让我们一起为武汉，为湖北，为所有疫情出现的地方祈福。让我们记住那些奋战在一线的医护人员，他们不是无名之辈，他们是我们的英雄。

**韩东君**

在这里首先向所有奋斗在一线的医疗人员、工作人员致敬。你们辛苦了。在疫情防控期间，希望大家从我做起，少出门，勤洗手，不聚会，戴口罩。武汉加油！

**游本昌**

亲爱的小娃娃、大娃娃和老娃娃们，大家过年好。为了过好这个年，大家要记住，勤洗手，不聚会，出门戴口罩，平安是福。

**李治廷**

疫情严重，牵动人心。向奋战在一线的医务工作人员以及为了疫情防控做出贡献的朋友们致敬。你们辛苦了，谢谢你们的付出。同时，请大家做到戴口罩，勤洗手，多通风，少出门，保护好自己。防止疫情继续蔓延下去。武汉加油，中国加油！

**张雨绮**

在这里向所有在武汉前线的医务人员和工作人员们致敬，武汉加油！春节期间请大家一定要做好防护措施，出门一定要记得戴口罩，勤洗手，消毒，少出门聚餐。万众一心，我们一定会打赢这场防疫战！

**甄子丹**

首先要向所有的一线医护人员致敬，你们辛苦了，加油！我们必须共同支持这一次的防疫工作，记得戴口罩，勤洗手，多通风，用公筷，然后少去一些人多的地方，做好所有防疫的工作。武汉加油，中国加油！

**米热**

春节期间希望大家不聚会，少出门，戴口罩，勤洗手，做好防范工作，共同战胜疫情。

**白客**

面对疫情，希望大家团结起来，端正态度，保持信念，配合政府的防疫工作，听取医生的意见，做好自我防护。勤洗手，戴口罩，不聚会，少出门，我们一定能够战胜疫情。武汉加油，中国加油！

**黄轩**

非常时期大家一定要做好防护工作，尽量不出门，戴口罩，勤洗手，让我们齐心协力，战胜疫情，也向一线的医务工作者致敬！

**张凯丽**

在疫情面前，我们首先要做到的就是保护好自己，戴口罩，勤洗手，不恐慌，不传谣。另外，我还要向战斗在一线的医务工作者表达我最深的敬意。我们和你们一直在一起。武汉加油，湖北加油，中国加油！

**田雨**

向战斗在一线的医务工作者们致敬，为武汉人民加油鼓劲，让我们万众一心支持防疫工作，戴口罩，勤洗手，不聚会，少出门。打赢防疫、防控阻击战。为武汉加油，为中国加油！

**林志玲**

首先向一线的医务工作人员致敬，你们是真正的英雄，感谢你们的无私奉献，希望你们能够平安归来。也希望在这段期间，大家一定要做好防疫工作，请记得勤洗手，不聚会，少出门，多通风，出门一定要记得戴上口罩。让我们万众一心，战胜疫情。武汉加油，中国加油！

**张韶涵**

平安健康过大年，面对疫情我们不要恐慌，也不要掉以轻心。出门戴口罩，勤洗手，多通风，少去人流密集处。不信谣言，不传谣言。为奋战在一线的医护人员们加油打气之外，我们也不要给人家添负担。新的一年，祝大家都平平安安的。防控疫情，我们始终在一起。

**迪丽热巴**

新冠肺炎疫情来袭，建议大家要戴口罩，勤洗手，人多的地方千万不要去凑热闹，虽说要重视疫情，但也不要过度恐慌，我们一起加油。战役，非赢不可。

**孟子义**

面对新型冠状病毒感染肺炎疫情，我们每个人要积极响应国家号召，做好各项防疫工作，少出门，不聚会，出门一定要戴口罩。致敬奋战在一线的工作人员们。谢谢你们，救人的同时也要保护好自己，你们一定会一个都不少地和家人团聚。加油，我们一定能赢！

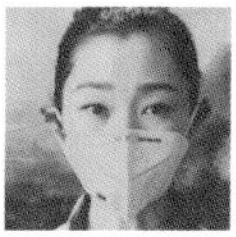

**宋轶**

抗击新型冠状病毒感染肺炎疫情，对自己负责，对他人负责。戴口罩，勤洗手，不聚会，少出门，不恐慌，不信谣，不传谣，相信每一位医护人员，我们一定可以打赢这场疫情防控阻击战。加油湖北，加油中国！

**孙茜**

在这样一个特殊的时期，希望大家都能够爱护好自己的身体，爱护好自己的家人，尽量不要出门。如果要出门的话，记得一定要戴口罩，而且用科学的方法去戴口罩。回家第一时间洗手，而且用正确的方法扔掉你的口罩，最好能把你的口罩剪掉。在这里，非常感谢所有医护人员为这次疫情做出的贡献。希望每一个奋战在一线的逆行者都能够安全健康地回到自己的家庭当中，也希望大家都能够健健康康。

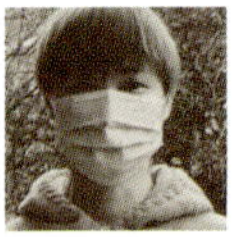

**李宇春**

戴口罩、勤洗手、不信谣、不传谣。向所有医护工作者致敬，为所有善良勇敢的人们加油！

**白鹿**

大家日常注意防护，戴口罩，勤洗手，不聚会，少出门，同时在这里向所有一线医务工作者致敬。武汉加油，中国加油，我们齐心协力，共同对抗疫情。

**梁静**

突如其来的疫情牵动着所有人的心，感谢此时此刻奋战在一线的医护人员，也感谢因为疫情坚守岗位的工作人员，你们辛苦了。我们一起支持各项防疫工作，万众一心，打赢这场防疫战。

**郭帆**

给大家拜个晚年，相信很多人跟我一样都是宅在家里过春节，在疫情下我们一定要做好个人的防护，戴口罩，勤洗手，这样才是对家庭、对社会、对防控疫情的最大贡献。在这呢，也向奋战在一线的医务工作者致以最大的敬意。武汉加油，中国加油！

**范帅琦**

抗击新型冠状病毒感染肺炎疫情，我们在行动。请大家戴口罩，勤洗手，不聚会，少出门。让我们齐心协力，战胜疫情。

**桑茗胜**

在此，我为武汉人民加油，让我们齐心协力，战胜疫情。我号召，全国人民一起来配合各项防疫工作。戴口罩，勤洗手，不聚会，少出门。向奋战在一线的医务工作者致以最崇高的敬意。让我们众志成城，抗击疫情。

**韩延**
抗击疫情，我们在做好自我防护的同时，也要努力做到不信谣，不传谣。我们万众一心，共同打赢这场疫情防护战。

**陈立农**
致敬白衣天使，致敬守护生命的英雄。戴口罩，少出门，多喝水，室内常通风，室外少聚集，一起防控疫情。我们一起渡过难关。

**葛布**
新型冠状病毒来势汹汹，首先要向那些一直战斗在疫情一线的医务人员们致敬，你们辛苦了。希望你们在保护我们的同时，也要好好保护自己。还要向那些一直坚守在武汉的市民们致敬，相信我们一定可以共渡难关的。武汉加油，中国加油！

**王汀**
勤洗手，多通风，带好口罩，少出门。做好防护措施，是对自己负责，也是对身边的家人和朋友负责。相信只要我们齐心协力，一定可以战胜病毒。感谢那些在一线奋斗的医护人员，你们是真正的白衣天使，你们辛苦了，让我们大家一起加油！

**肖央**
向每一位奋战在一线的医护工作者表示最崇高的敬意，也号召大家支持和响应国家对于防护疫情的各项号召与措施。在这个非常时期，希望大家能够保护好自己和家人。我们为武汉加油，为湖北加油，为全中国对抗疫情的同胞们加油，我们一定会渡过这次难关！

**王媛可**
戴口罩，勤洗手，不聚会，少出门。请大家跟我一起来支持各项防疫工作，为武汉加油。相信我们齐心协力，一定可以渡过这个难关。同时，也要向在一线的医务工作者们致敬，感谢有你们，你们是最可爱的人！

**吴昊宸**
疫情当前，向所有奋斗在一线的医务工作人员致敬，你们辛苦了。抗击病毒从点滴做起，请大家一定戴好口罩，勤洗手，勤消毒，少外出，保护好自己，也保护好家人。新的一年，祝大家健康平安。加油，我们在一起。

**尹力**

为武汉人民加油鼓劲，和全国人民共克时艰，打好这次防控疫情阻击战，向一线的医务工作者致以崇高的敬意！

**柯达**

新型冠状病毒来势汹汹，咱们普通老百姓，其实能做得不多，就是一定要配合好。之前钟南山院士和很多医护工作者给咱们提出的那些建议，一定要勤洗手，一定要戴口罩，少出门，少走亲戚。真的，一个年，不走亲戚，这亲戚的感情淡不了。咱们一定要响应号召，注意防护，少出门，尽量不要给社会添堵。加油！

**陈瑶**

这段时间被许多人、许多温暖的瞬间感动，一方有难，八方支援。在这里，我要向所有在前线的工作人员们致敬，说一声你们辛苦了，然后让我们一起加油，打赢这场没有硝烟的战争。武汉加油，中国加油，让我们一起加油。希望大家在这段时间，尽量减少出行，如果一定要出行的话，记得戴口罩，回来后一定勤洗手。

**丁冠中**

新型冠状病毒来袭，时间不等人，病情不等人。在这里我倡导大家，相信国家，相信医院，不信谣，不传谣。并且，我要向奋战在第一线的医务人员表达我最崇高的敬意。中国加油，武汉加油！

**丁子峻**

面对肺炎疫情，医护人员迎难而上，逆风前行，我在这里向你们致敬。我们一起为武汉加油，为中国加油！

**郭晓东**

在这个非常时期，希望大家能够少出门，少聚会，少聚餐，多宅在家里，多开窗透风，勤洗手，为了自己的健康，为了家人的健康，也为了他人的安康。同时，向一直战斗在一线的所有的医护人员和志愿者们致以崇高的敬意，因为有了你们的付出和辛苦，才有了我们的安全，所以也要请你们多注意自身安全，多加小心，因为你们安全了，我们才会更安全。希望大家出门也要戴口罩，一定保护自己，保护家人。

**陆川**

我很希望大家能够理解我们武汉的同胞，理解我们身边武汉的朋友们，因为他们是这次疫情、这次灾难的真正的无辜的受害者，跟我们是一样的。所以我很希望大家能够伸出我们的双手去支持他们理解他们，尽我们绵薄之力照顾好身边的武汉朋友的生活和工作，因为他们是我们的同胞，是我们的朋友，是我们的家人。

**李沁**

在这里，要感谢为抗击疫情做出努力的人，尤其是奋战在一线的医务工作者。也希望大家支持各项防疫工作，戴口罩，勤洗手，不聚会，少出门，齐心协力，我们一定可以战胜疫情。武汉加油！

**聂远**

为全国坚守抗疫一线的医务工作者加油，一定要平安归来。大家要注意防护，戴口罩，勤洗手，不去人多的地方，我们齐心协力，战胜疫情。

**谭咏麟**

大家都晓得这个疫情非常严重，所以我希望大家少出外，多喝水，勤洗手，在室外不要聚众，我们一起来努力防控疫情！

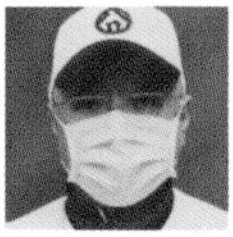

**徐峥**

疫情期间我们要避免前往人群密集的场所，取消出行计划，尽量不去商场、影院、KTV 等场所，避免走亲访友、参加大型聚会，出门佩戴口罩。注意家中卫生，带动家里人勤洗手，勤通风，勤锻炼，保持健康的生活习惯，增强免疫力。作为儿女，要给父母做好科普，保护好家人。关注权威部门发布的信息，及时更新对疾病的了解。相信党，相信国家，相信政府，相信科学，不恐慌，不轻视，理性认识，做好自我保护，希望大家跟我们一起行动。最后，让我们向在抗击前线的全体医务工作者和科学家致敬，你们辛苦了。希望你们保重身体，等你们早日凯旋。

**姚星彤**

向所有奋战在一线的医务人员和工作人员致敬，让我们共同携手打赢这场防疫战。武汉加油，湖北加油，中国加油！

**张水发**

海外有数亿人都在关心和祝福你们，所以你们并不孤单。自救、救他的义务和责任是保持卫生，把危机化为转机，心灵尽量清净，把恶缘化为善缘，这是咱们五千年来的智慧和特性，心灵尽量清净，我们一定可以突破。

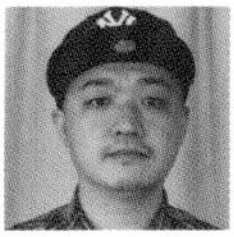

**包贝尔**

勤洗手，戴口罩，按时换口罩，处理好用过的口罩，不乱丢，不聚集，不探亲，保护好自己，保护好家人，保护好每一个人，尽一己之力，跟我们一起行动吧。

**林鹏**

在这个特殊的时期，让我们积极响应和支持国家的各项防疫工作。过年待在家里，其实是对家人和社会的最大关爱，出门一定要戴口罩，回家一定要勤洗手，不聚会，不串门。在这里我要向一线的医务工作者致敬，为武汉人民加油，为中国加油，让我们齐心协力，战胜疫情。

**何晟铭**

向奋斗在控制疫情第一线的所有医务工作者们致敬，请大家一定要减少外出活动，戴好口罩，多通风，不信谣，不传谣，共抗疫情，共渡难关。加油，武汉加油，全国人民加油！

**倪妮**

我们牵挂武汉，牵挂湖北，还有全国的医护人员，牵挂每一位身处疫情的一线同胞。我们无法身至，但我们心连心。从我做起，做好防护，勤洗手，戴口罩，减少聚会和出行，疫情面前，保护好自己就是对家人、对社会负责。

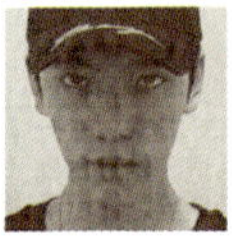

**王子异**

在这个特殊期间，大家一定要照顾好自己和家人。勤洗手，多通风，少出门，不聚餐。如果大家一定要出门的话，记得要戴好口罩。让我们齐心协力，战胜疫情。最后向奋斗在一线的白衣天使们致敬，辛苦了。武汉加油，中国加油！

**宋茜**

抗击新型冠状病毒感染肺炎疫情，我提倡不恐慌，不信谣，不传谣。保护好自己就是对社会最大的贡献。隔离病毒绝不是隔离爱。万众一心，众志成城，打赢这场疫情防控战。加油武汉，加油中国！

**韩昊霖**

感谢奋斗在一线的叔叔阿姨、哥哥姐姐、白衣天使，你们辛苦了。我们小朋友，一定要做到勤洗手，戴口罩，少出门，不聚会，好好完成寒假作业，支持防疫工作。武汉加油，祖国加油！

**蓝羽**

首先向所有奋战在抗击疫情一线的医务工作者们致敬，你们辛苦了，更向英雄的武汉人民致敬。武汉是座英雄的城市，这一次为了守护全国的安宁，你们做出了极大的牺牲与奉献，请你们相信，隔离病毒不会隔离爱，病毒是一时的，但血脉的相通是永久的，我们的心始终和你们在一起。我相信此时此刻对你们来说，最牵挂的还有那些身在外地的亲人朋友，请你们相信我们会更好地善待那些滞留在外地的武汉人，给予他们更多温暖和关怀。让我们一起等到樱花开了、湖水暖了，一切都终将会过去，等到疫情结束之后，让我们每一个人都给武汉人一个大大的拥抱，感谢他们曾为我们做出的牺牲与奉献，让我们共同相约阳光灿烂的春天。武汉加油，中国加油！

**何奉天**
在这里向奋斗在一线的医务工作者致以最崇高的敬意。新春佳节，大家要做好防护，要戴口罩，勤洗手，少聚会，不出门，让我们众志成城，早日战胜疫情。

**杨采钰**
疫情刻不容缓，向一线医护人员致敬，你们的平安是我们最大的牵挂。防控疫情，我们在一起。

**苏伦**
抗疫情，人人有责，戴口罩，勤洗手，少出门。在这里要向一线的白衣天使、一线的英雄，向你们致敬。我们相信政府的有力措施，与全国人民齐心协力，共克时艰。

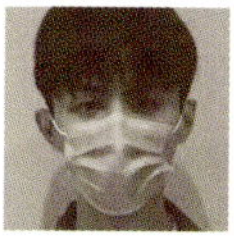

**刘畅**
我承诺支持各项防疫工作，必戴口罩，勤快洗手，拒绝扎堆，减少串门，不传谣，不信谣。

**黄尧**
平安是最珍贵的年味儿。在这个特殊的新年里，希望大家能够一起做好防疫工作，戴口罩，勤洗手，不聚会，少出门，武汉加油，中国加油！

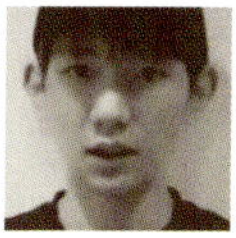

**王源**
这次的疫情牵动着我们所有人的心，我知道大家可能都过了一个很不寻常的年，没有办法出门游玩，也没有办法与亲人朋友相聚。但是我相信只要心在一起就是团圆，特殊时期，希望大家能够好好保护自己，在家注意勤洗手，多通风，不到迫不得已不要出门，请务必戴好口罩，做好防护措施。在此也向奋战在一线的医务工作者们致以深深的敬意，武汉加油，湖北加油，中国加油，这场战役我们一定会赢！

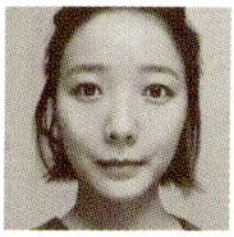

**王珞丹**
在这里向奋战在一线的医护人员和各行各业的工作人员们致敬，正是因为有了你们夜以继日的付出和坚守，才有了我们平安的防线。支持防疫工作从你我做起，勤洗手，多通风，少聚集，戴口罩。重视疫情，但是不要过度恐慌，让我们齐心协力，一起打赢这场疫情防控战！

**李昕芸**

在这样一个非常时期，请大家务必要保护好自己，出门一定要戴口罩，回家勤洗手。然后在这里向奋斗在疫区的所有医护人员致以最崇高的敬意，希望你们也能够有措施保护好自己，这里衷心希望大家能够尽快渡过这样一个艰难的时期。希望大家能够好好地陪伴家人，锻炼身体。大家一起把这场战役打赢，好好过一个新年。

**蒋璐霞**

希望大家为武汉人民加油鼓劲，齐心合力战胜疫情，号召全国人民支持各项防疫工作，戴口罩，勤洗手，不聚会，少出门，向一线的医护工作者们致敬。

**乔杉**

请大家支持各项防疫工作，戴口罩，勤洗手，不聚会，少出门，愿奋斗在一线的医务工作者早日平安归来！加油武汉，加油湖北，加油中国！

**佟丽娅**

隔离病毒绝对不是隔离爱，万众一心，众志成城，打赢这场疫情防控战！加油武汉，加油中国！

**贾静雯**

面对疫情请大家不要恐慌，一定要勤洗手，正确戴口罩。不信谣言，不传谣言。不去人多的地方，不聚会。在这里我要向一线的医护人员致敬，你们辛苦了。武汉加油，中国加油！

**井柏然**

首先要向仍然在一线的所有医护工作者说一声，你们辛苦了！抵抗疫情，人人都有责任，所以我在这里倡导大家尽量都不要出门，如果出门的话，也要做好所有的防护措施，记得要戴口罩。在家里的朋友们，也要记得勤洗手，多做一些消毒的工作，希望大家都可以平平安安！

**张艺兴**

我想向全国正在抗击新型冠状病毒感染肺炎疫情第一线的医务人员说一声谢谢，在过年期间，你们在帮我们过关，感激有你们。我想在此时此刻呼吁全国的同胞，不要存有侥幸心理，戴好口罩，勤洗手，不聚会。没有翻不过的山，没有过不了的关。武汉加油，中国加油！

**温碧霞**
各位朋友大家好，新年快乐。我知道最近的疫情非常严重，所以希望大家出门的时候一定要戴口罩，还有一定要多洗手，没有什么事就尽量留在家里面，不要外出。向为了这个全中国平安健康而奋战的医务人员致敬，我知道大家现在都非常辛苦，希望大家都平安无事。

**张云龙**
最近疫情肆虐，希望大家尽量少出门，如果一定要出门的话，希望大家可以戴上口罩，勤洗手，尽量少去人多的地方，也希望奋斗在前线的医护人员和英雄们可以平安归来。我相信，我们一定可以战胜这次疫情，加油！

**尚语贤**
在这里向奋战在一线的医务工作者致敬，感谢你们的无私奉献。在疫情防控期间，少出门，少聚集，勤通风，勤洗手，戴口罩，抗击疫情，我们在行动。武汉加油，中国加油！

**王祖蓝**
疫情期间，我们一定要做好防疫工作，戴口罩，勤洗手，虽然过年的日子很想跟大家见面，但是这段时间一定要少聚会，少见你一时，是为了见你一生一世。武汉人民加油！

**刘诗诗**
大家一定要勤洗手，戴口罩，减少外出。大家要重视疫情，但也不要过度恐慌，我们一起加油！

**丁晟**
武汉是一座英雄的城市，奋战在一线的每一位医护人员都是英雄！武汉的兄弟姐妹们，虽然我们现在无法相聚，但我们的心在一起。祝愿每一位英雄平安！

**高伟光**
首先要向奋战在一线的医护工作者致敬！你们辛苦了！面对疫情，大家一定要做好防护措施，戴口罩，勤洗手，多通风，少出门，照顾好自己和家人，我们一起加油！

**杨颖**

勤洗手，戴口罩，保护自己，对社会负责，从我做起，重视防护，众志成城，共渡难关！

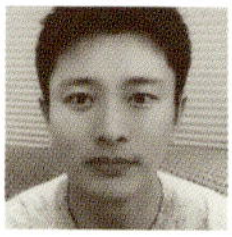

**贾乃亮**

这些天我们一直面临着前所未有的挑战，众多医护人员放弃与家人团聚的机会，奋战在疫情第一线，在这里全国人民向你们表示衷心的感谢！我们也要呼吁所有人，出门一定要戴口罩，勤洗手，勤消毒。我们要以身作则，做到不信谣，不传谣，让我们众志成城，万众一心。

**匡牧野**

在特殊时期，请听从正确的意见和建议，不信谣，不传谣，日常勤洗手，正确戴口罩，注意个人卫生。请密切关注战斗在一线的医务人员，他们很辛苦，不要有过激的行为和情绪影响他们，他们在积极地医治新型冠状病毒感染肺炎者，请大家为他们加油！

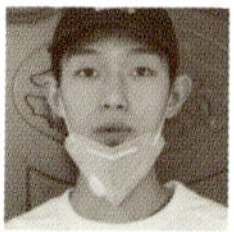

**王锵**

最近一直关注新型冠状病毒感染肺炎疫情，在这里我要致敬那些在防疫一线的医务工作者。疫情当前，建议大家戴口罩，勤洗手，少出门。保护好自己和家人，就是对防疫最大的贡献。我们要相信国家相信政府，不信谣不传谣。大家团结一心，我相信一定可以打赢这场没有硝烟的战争。武汉加油，中国加油！

**姜宏波**

向奋斗在一线的医护人员致敬，向坚守在岗位上的工作人员致敬，让我们共同打赢这场防疫战。武汉加油，中国加油！

**郭俊辰**

请大家做好防疫工作，少聚会，少出门，勤洗手，戴口罩。

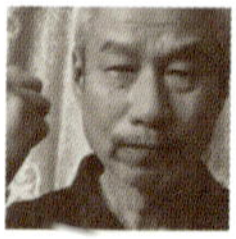

**刘佩琦**

戴口罩，勤洗手，多通风，减少出门，科学就医。武汉加油，中国加油！

**吕良伟**
白衣天使加油，向所有一线的医护人员致敬！勤洗手，多喝水，待在家里做最好的贡献。武汉加油，中国加油！

**李若彤**
我一直在关注武汉疫情，首先我想向奋战在一线的医护人员致敬，希望我们每一个人要尽心地支持抗疫工作，勤洗手，戴口罩，不要相信谣言，不要传播谣言。我们必须要齐心合力，战胜疫情，我们一起加油！

**谭松韵**
肺炎疫情来势汹汹，首先要向奋战在一线的医务人员表示致敬！然后就是特殊时期，希望大家一定要戴口罩，勤洗手，不要出门，不要聚会，保护好自己和家人。武汉加油！

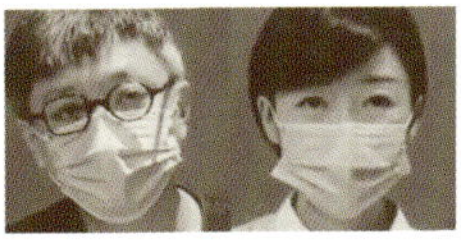

**俞白眉 & 代乐乐**
这次疫情严重，请您一定要保护好自己，同时也要保护好您的家人。在公共场合一定别忘了戴口罩，回到家第一个事情先洗手。让我们团结起来，我相信一定可以打败这次疫情。加油！

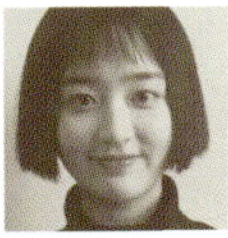

**邓恩熙**
这个春节很特殊，希望大家和我一起少出门不聚会，出门的话一定要戴好口罩，回家第一件事就是洗手，保护自己，同时也是保护他人，最后向抗击疫情的一线医务工作者们致敬，你们是最伟大的逆行者，辛苦了！

**毛晓彤**
在这里向奋战在一线的医务人员致敬，希望你们平安归来。也请大家一起做好防疫工作，取消聚会，戴好口罩，勤消毒勤洗手，不信谣不传谣，我们一起共渡难关。加油！

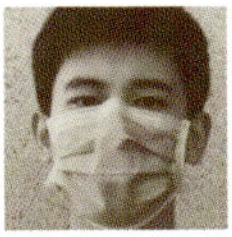

**胡先煦**
正月本来是万家团圆的日子，可是现在很多人没有回家，仍然坚守在第一线，与病毒做着斗争，与死神做着斗争，致敬这些坚守，感恩这些坚守，加油！

**王莎莎**

新型冠状病毒感染肺炎疫情牵动着我们所有中国人的心，在这个特殊的春节里，请大家一定要好好照顾自己，勤洗手，多给我们的房间消消毒。等到疫情过后，春暖花开之时，我们大家再相聚。同时我也向奋战在一线的医护人员以及为疫情做出奉献的所有工作人员表达我最崇高的敬意。谢谢你们，你们辛苦了！

**徐晓璐**

我在北京，我们牵挂武汉，牵挂湖北，减少聚会和出行，佩戴口罩，洗手消毒，身体力行地为抗击疫情贡献自己的力量！

**郑好**

面对新型冠状病毒感染肺炎疫情，我们要做好个人防护，戴口罩，勤洗手，减少出门，拒绝谣言，科学就医。中国加油，武汉加油！

**张兆辉**

我们万众一心，为武汉加油，为奋战在一线的医务工作者加油！希望大家平平安安，身体健康！

**蒋小涵**

在这个不同寻常的春节里，要向所有奋战在一线的医务人员致敬！你们疲惫又坚毅的身影带给我们太多的感动！面对指责，你们无条件的坚守，带给我们所有人战胜病毒的信心和勇气。请你们在保卫他人生命的同时，也一定要保护好自己，家人期待你们团聚。另外我想说的是，防止病毒传播要从你我做起，不聚会，少出门，戴口罩，勤洗手，多通风，只要你我携手同心，相信疫情很快会成为过去式。中国加油！

**张乔耳**

首先要向春节期间依然奋战在一线的医务人员们说一句，感谢你们，你们辛苦了！ 也希望你们一定要好好照顾自己，平安归来。春节期间希望大家都以电子拜年的方式去问候自己的亲朋好友，减少外出的次数。一定要记得勤洗手，戴口罩，多通风，避免去人流量比较大的地方。疫情面前，人人有责，让我们一起加油，挺过去。

**王大陆**

在这里，致敬所有的医护工作者，感谢他们在一线的守护。在这里提醒大家，除了勤洗手，戴口罩，也要注意口罩的选择，如果买不到 N95 口罩，要佩戴医用的外科口罩，定期更换，使用过后要剪掉再丢进垃圾桶！一起做好防护，平安健康过春节。

**李金泽**
首先在这里要向所有奋斗在一线的医护工作者们说一声你们辛苦了，请你们一定要保护好自己。我们其他人对于打赢这场防疫战也同样重要，勤洗手戴口罩，少出门不串门，亲情和友情不会因为短暂的隔离而减弱，但病毒会！另外比病毒更加凶猛的是谣言，不信谣不传谣，让我们坚定信心，团结在一起，相信我们一定能够消灭病毒，赢回健康。

**郑家彬**
防控疫情我们可以做到戴口罩，勤洗手，多通风，讲卫生，少聚会，其实最重要的就是少聚会。我相信大家如果万众一心的话，一定可以战胜这次疫情。中国加油，武汉加油。2020 会更好，新年快乐！

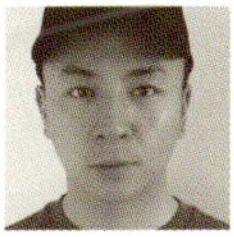

**释小龙**
特殊时期一定要做好个人的防护措施，不聚会少出门，出门一定要戴口罩，勤洗手。同时要向奋斗在一线的白衣天使致以最崇高的敬意！加油武汉，加油中国！

**魏允熙**
向所有奋战在抗击疫情一线的医务工作者致敬，你们都是逆行中的英雄！辛苦了。全国人民众志成城，相信我们一定能打赢这场疫情防控阻击战。在此，我呼吁大家少去公共场所，不要聚集，从我做起，从小事做起。没有被禁锢的城，只有离不开的爱。武汉加油，湖北加油，中国加油！

**谢孟伟**
我现在我的老家雄安新区，最近一直都在关注武汉的疫情，虽然我不是武汉人，但是那里有我的同胞，有我的同学，有我的朋友，全中国的老百姓都在关注这次疫情，万众一心，众志成城。武汉加油，中国加油！

**王尊**
在这个特殊的时期，我们尽量待在家里，少出门，少参加聚会，如果一定要出门，请安全科学地佩戴好口罩，勤洗手。在这里，我还要特别感谢守护在一线的医务人员，希望你们可以安全健康地回到自己家人身边！让我们一起战胜病毒，打赢这场胜仗。最后祝大家新年快乐，我们一起加油！

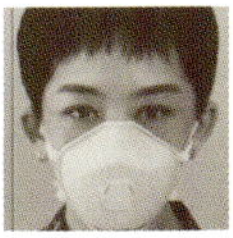

**瑶淼**
在这样一个特殊的春节里，作为一个电视节目的主持人，我第一次感到语言如此苍白无力，我想向奋战在一线的白衣天使们，还有科研人员工作人员，说一句你们辛苦了，请你们一定多保重！我想我能做到的只有尽量少出门，停止聚会，多戴口罩勤洗手。作为一个妈妈，我也会尽量利用这个时间和孩子一起通过线上的方式去学习，去关注疫情的报道，通过各种各样的方式充实自己。我相信我们一起努力，我们一定能赢！

**刘亦菲**

疫情期间，请佩戴口罩，勤洗手少出门，爱护好自己就是保护他人的最好方式，我要向一线的工作人员致敬，谢谢你们无畏的爱，谢谢你们守护着武汉这座美丽的城市，谢谢你们守护着整个国家。武汉加油，中国加油！

**郭玮**

在这里要向始终奋战在一线的医护工作人员们致敬，你们辛苦了！这个春节疫情来得迅速，牵动着我们万千国人的心。让我们停下出行的脚步，留在家中，勤洗手戴口罩，不传谣不造谣，不出门不聚会就是对疫情最大的帮助，让我们隔离病毒但绝不隔离爱，祝愿所有人平安！武汉加油，中国加油！

**李丹**

首先要祝贺大家新年好，相信每一天突然弹出的有关疫情的新闻，都紧紧地牵动着全国人民的心。而此时此刻我们最好的保护自己和家人的办法就是不信谣不造谣不传谣，多通风勤洗手，不聚会不串门，戴好口罩，给家里的家长和老人做好科普。我们要致敬那些在一线和恶魔做斗争的医务工作者们，我们也要相信在他们的身后，有亿万中国人的挂牵！

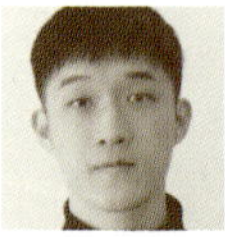

**龚锐**

新型冠状病毒感染肺炎来势汹汹，请大家一定要戴好口罩，勤洗手，少出门，不去人群密集的地方。保持积极向上的心态，不传谣，不信谣，相信国家，相信我们专业的医务工作者们。众志成城，一起打赢这场防疫战斗。武汉加油，中国加油！

**罗曼**

新型冠状病毒感染肺炎的疫情牵动着我们每一个人的心，在这里向所有坚守在工作岗位的医务人员致敬！号召大家要做到戴口罩，勤洗手，不聚会，少出门，同时做到不信谣，不造谣，相信我们一定能打赢这一场防疫战役。武汉加油，中国加油！

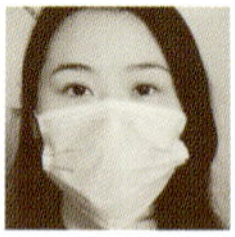

**张晓丽**

这个春节很多小家不能团圆，但是我们大家很团结，向所有疫情当中的逆行者致敬，希望大家能够继续坚持少出门，戴好口罩，不吃野味，不传谣，我们可能无法重启 2020 年，但是我们的行动一定可以改写命运。武汉加油，中国加油！

**谢映玲**

新型冠状病毒感染肺炎疫情，牵动着我们每一个人的心，让我们同舟共济，攻克难关，在春节期间一定要记得戴口罩，勤洗手，少出门，不聚会，用实际行动来支持武汉，为武汉加油，为中国加油，并且向奋战在一线的医务人员致敬！

**巧筠**

新冠肺炎来袭，医护人员始终奋斗在一线，来自全国各地的白衣天使主动请缨奔赴武汉，写下了一封封朴实的请战书。在这里，我想对他们说：谢谢你们的付出，一定要注意安全，家人还等待着你们平安归来。我们也期盼着你们能够安好。同时也要提醒广大的市民和网友，一定要多宅家，少出门，戴口罩，勤洗手。

**郭京飞**

大家做好自己的防护，也是在抗击疫情，向奋战在一线的医护人员致敬。武汉加油，湖北加油，中国加油！

**王子文**

在此呼吁大家，疫情期间不聚会，少出门，戴口罩，勤洗手，做好防护措施，保护好自己就是对社会最大的负责，同时也向奋战在一线的医务工作者致以敬意。2020，中国加油！

**姚晨**

疫情暴发以来，无数的医务工作者告别了父母家人，走上了防疫第一线。在我看来，医生是最伟大的职业，他们为了拯救生命义无反顾，是我们现实生活中的超级英雄。在这里向战斗在一线的最美逆行者们致敬，你们辛苦了，感谢你们的无私付出，也愿你们早日平安归来。

**沙溢 & 胡可**

今年的春节对于我们来说是非常特殊的一个春节，因为新型冠状病毒的肆虐，有的人生病了，有的人很担心，更有无数的医务工作者不眠不休地战斗在救治的第一线，谢谢你们的付出，谢谢你们对大家的守护。我们每一个人都要做好自我防护，少出门，少聚会，勤洗手，戴口罩，让我们一起努力，共渡难关，加油！

**赵思露**

新型冠状病毒感染肺炎疫情来袭，我呼吁大家都戴好口罩，减少接触密集人群，为武汉加油！

**蓝盈莹**

今天我想跟大家分享一下我知道的正确脱戴口罩的方式，当我们拿到一枚口罩，首先将内侧对准自己，然后将口罩对折，再将它拉开，拿有钢丝的这一面对准我们的鼻根，将口罩戴上，再用我们的手指将口罩充分地贴合，这样就完成了。当我们在脱口罩的时候，千万不要碰口罩正面，一定要用我们的手先把口罩的绳子取下来，然后将我们里面的那一侧对准外面折叠。希望大家在丢弃口罩之前，都可以将口罩煮沸，或者将其剪碎，再拿塑料袋包好扔到垃圾桶里。在这个特殊的时期，我希望大家都可以从我做起，保护好自己，保护好他人。武汉加油，中国加油，世界加油！

**欧萱**

疫情当前，不分国度，不分你我。请大家一定要记得戴口罩，勤洗手，不聚会，少出门，我们齐心协力，一定能战胜疫情。

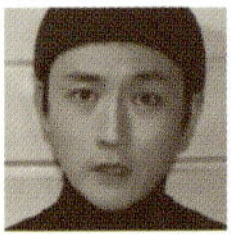

**冯聪**

在当下这个不平静的时刻，请大家一定要记住正确佩戴口罩，勤洗手，多通风，少去人群聚集的地方。如果一旦发现身体有不适的状况，请记住一定要去专业的医院及时就诊。保护自己的生命安全，同时也是保护他人的生命安全。请记住那些奋战在一线的医务工作人员，是他们用汗水和生命，捍卫大家的生命健康。让我们用实际行动为他们加油助力。抗击疫情，我和你们在一起。武汉加油，中国加油！

**范丞丞**

抵御疫情，大家行动起来！戴口罩，勤洗手，多通风，减少出行。疫情防控，刻不容缓，向一线医务人员致敬！你们的平安是我们最大的心愿，防护疫情，我们在一起。

**莫华伦**

新型冠状病毒蔓延，我们当及时防范。在此提醒全国人民，出门戴口罩，勤洗手，保持室内通风和清洁，不随地吐痰，不去人群密集的地方，不信谣，不传谣。若出现咳嗽、发烧等症状，及时就医。病毒无情，人间有爱，防范之余，别忘了关爱他人。在这里，特别感谢我们的医务人员冒着生命危险在一线为治好这个病而付出。武汉加油，中国加油！祝大家平安、喜乐，身体健康！

**许光汉**

首先跟一线的医护人员们说一声辛苦了，然后呼吁大家一定要佩戴好口罩，勤洗手，做好防护，减少人与人之间的近距离接触，让我们一起共同努力，战胜疫情！

**张建海**

首先向奋战在一线的白衣天使们致敬，你们辛苦了！希望你们在救治病人的同时，也要保护好自己。特殊时期，大家一定要注意卫生，尽量减少出行，万众一心，众志成城。让我们一起共渡难关，一起抗击疫情。武汉加油，中国加油！

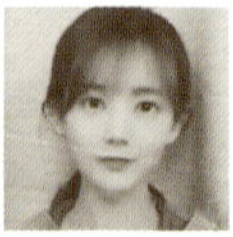

**李一桐**

要向所有奋战在防控肺炎疫情一线的医务人员们致敬，你们辛苦了！防控疫情从你我做起，建议大家要戴口罩，勤洗手。面对疫情，我们不要过多地慌张，让我们一起打赢这一场疫情防控战。加油武汉，加油湖北，加油中国！

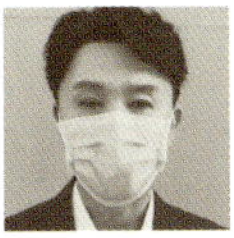

**吴刚**

感谢奋战在一线的医护人员，请你们在护佑大家的同时，保护好自己。向无畏逆行的白衣天使致敬，战疫非赢不可！

**孙晨竣**

首先我要向医务工作者和疫情前线的工作人员表示致敬，现在疫情非常严重，请大家保护好自己。勤洗手，多喝水，少出门，戴好口罩，做好个人防护，保护好自己和家人。面对疫情，我们一定能赢！武汉加油，中国加油！

**吴京**

隔离病毒绝不是隔离爱，万众一心，众志成城，打赢这场疫情防控战。加油武汉，加油中国！

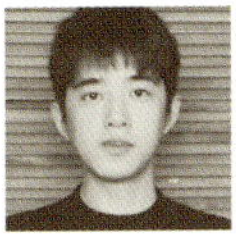

**梁靖康**

这个时期大家一定要记得戴口罩，勤洗手，不要出门，不要聚会，保护自己就是保护他人。同时，我们还要向所有奋战在疫情一线的医护人员们致敬。你们辛苦了！武汉加油，中国加油！

**乔振宇**

希望大家遵循医生的建议，勤洗手，戴口罩，不聚会，我们一起共渡难关。向所有奋斗在一线的工作人员致敬，武汉加油，中国加油！

**欧豪**

戴口罩，勤洗手，少外出，不接触野生动物，防护疾病，从我做起。为武汉加油！

**王一哲**

在面对疫情的特殊时期，我想对武汉人民说一句，你们辛苦了。感谢你们的坚守与牺牲，也请你们千万不要感到孤单和害怕。因为在你们的身后，是千千万万的中国人与你们一起共同对抗这次疫情。我相信，我们的难关一定会过去的。武汉人民加油，武汉加油！

**厉嘉琪**

首先向奋战在一线的医务工作者们致敬，你们辛苦了！也请你们一定要保护好自己。面对疫情，我们也要做好防护措施，勤洗手，戴口罩，不聚会，不出门。我们要保护好自己和家人，万众一心，武汉加油，中国加油！

**于和伟**

防控疫情，每个人都可以做到，注意家人的卫生，室内勤通风，带动家人勤洗手，勤锻炼，保持健康的生活习惯，增强免疫力。最后，向奋战在第一线的所有医护工作人员们致敬。武汉加油，湖北加油，中国加油！

**张译**

在疫情防控期间，呼吁大家不聚集，少外出，戴口罩，勤洗手。在这里，向奋战在一线的医务工作者送上最诚挚的敬意，武汉加油，中国加油！

**海铃**

在这里，向奋战在一线的医务工作者致敬，感谢你们不顾一切的奋斗，也请你们一定要好好照顾自己。特殊时期，请大家做好防护措施，戴口罩，勤洗手，不聚会，少出门。万众一心，加油！

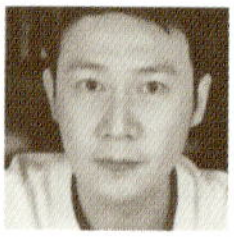

**陆毅**

新型冠状病毒感染肺炎疫情牵动全中国人的心。感谢所有坚守在第一线的医务工作者，大家不要过度恐慌，我们一定会战胜疫情，加油！

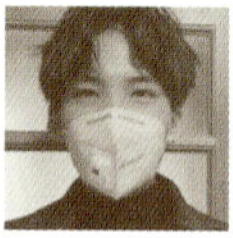

**李鑫一**

向奋斗在抗击疫情一线的工作者致敬！面对新型冠状病毒感染肺炎疫情，希望大家少出门，戴口罩，勤洗手，对自己负责，对他人负责。让我们携手渡过难关。

**周杰伦**

大家好，在这边希望大家可以奉献自己的爱心与力量，齐心合力，万众一心，战胜疫情，加油！

**周冬雨**

戴口罩，勤洗手，多通风，用公筷，少出现在密集场所。防控疫情，我们在一起。同时，也向在前线抗击疫情的全体医护人员致敬，你们辛苦了，愿你们平安归来。湖北加油，武汉加油，中国加油！

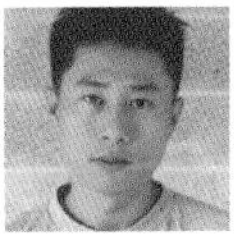

**彭小刀**

向第一线的医护人员致上最高的敬意，在这么艰困的时刻，你们还愿意付出自己的心力，站在第一线对抗疫情，照顾所有的病患，你们是真正的英雄。我也要提醒所有的朋友，在这段时间一定要勤洗手，戴口罩，避免不需要的聚会，相信我们很快就能够携手渡过难关，大家加油！

**张馨予**

疫情期间，请从你我做起，少出门，不聚会，戴口罩，勤洗手，勤通风，勤锻炼，对自己负责就是对他人的负责。最后，向奋战在一线的所有医护人员致敬，请你们一定要保护好自己。武汉加油，中国加油！

**蒋勤勤**

众志成城，抗击疫情。感恩所有奋战在抗疫第一线的医务工作者，向你们致敬。希望你们在治病救人的同时也能够好好地保护好自己，我们与你们在一起，希望疫情能够尽快得到控制，希望大家的生活能够尽快回到原本应有的轨道上。

**鹿晗**

戴口罩，勤洗手，不聚会，少出门，科学就医，保护好自己的家人，还有自己。希望所有医护人员和患者平安归来，我们一起加油！

**李娜**

向所有奋战在一线的医务人员致以最崇高的敬意，你们辛苦了！众志成城，抗击疫情，中国加油！

**陈浩民**

致敬前线医务人员，中国加油，武汉加油！

**邝美云**

新型冠状病毒肺炎疫情牵动人心，突如其来的疫情扰乱了很多人的生活，但我们不害怕、不放弃。此时此刻，我们看到广大医务人员奋战在疫情防控第一线，写下了逆行的誓言，守护着患者的生命。科研人员日以继夜进行科研攻关，火神山、雷神山应急医院昼夜不停加紧建设，大家万众一心，与时间赛跑，为武汉加油。谢谢你们，为武汉，为中国，为我们的共同家园所贡献的每一份力量。虽然疫情阻隔了很多家庭的团圆，但我们的心在一起，我们的心与武汉人民在一起，我们中华民族的心在一起。武汉加油，中国加油！让我们团结在一起，打赢这一场没有硝烟的战疫。

**蔡文静**

向奋战在一线的医务工作者致敬，你们辛苦了！希望你们在奋战一线的同时，务必要保护好自己，让我们一起守住希望，坚持到底。武汉加油，湖北加油，中国加油！

**苏见信**

在这边向正在一线工作的医务人员说一声你们辛苦了，谢谢你们守护着我们，也请好好地保护自己。希望每一个人都能够配合检疫的工作，这是对自己，也是对这个社会能够做到的最大的负责。武汉加油，中国加油，希望大家都能平安！

**王森**

万众一心，抗击疫情。此时此刻，我们与武汉在一起，与湖北在一起，众志成城，共克时艰。希望大家平时做好防护消毒措施，少出门，不聚会，保护好自己，向所有奋战在疫情一线的医务工作者致敬！

**尹子维**

致敬所有前线医护人员，祖国加油！

**高圣远**

因为这几天有很多困难，所以我就是要提醒你们，一直戴口罩，勤洗手，还有如果没必要的话，别出门。我知道，整天待在家里可能很无聊，可是我希望可以利用这段时间充实自己，好好照顾自己。祝你和你的家人身体健康！

**王鹤棣**

首先向一线的医务工作者们致敬，你们辛苦了。大家在家记得要常消毒，多通风，勤洗手，不聚会。出门记得戴好口罩，我们一起做好防疫工作，战胜病毒。武汉加油，中国加油！

**陈妍希**
向一线的医务工作者们致敬，谢谢你们保护我们，也务必请大家勤洗手，少出门，戴口罩，健健康康，平平安安。

**昆凌**
在这个非常时期，希望大家可以保护好自己和家人，出门的时候戴口罩，然后勤洗手，多消毒，尽量少去太多人的公共场合。我们保护好自己，也保护好别人，我们万众一心，战胜疫情！

**王冠逸**
非常时期，大家一定要戴好口罩，勤洗手，多通风，共战疫情，万众一心，齐心协力。我相信，我们一定可以渡过难关的。在这里，我要向在一线的医务人员致敬，你们辛苦了。武汉加油，中国加油！

**翟子路**
在疫情期间请大家一定要做好防护工作，戴口罩，勤洗手，少出门，避免聚集活动，希望大家都可以平安健康，我们一起加油！

**晏紫东**
让我们一起做好防护，用力所能及的力量抗击疫情，同时也向奋斗在一线的工作人员致敬，我们与你们同在。武汉加油，中国加油！

**潘粤明**
疫情来袭，感谢奋斗在一线的工作人员，请你们在保护好这座城市的同时，也保护好自己。加油！

**何润东**
我要向奋战在一线的医务人员们致敬，你们辛苦了，大家少出门，勤洗手，戴口罩，一起对抗疫情，大家加油。

**海清**

这些天一直在关注着疫情的发展，也非常非常的揪心，在这里首先要向我们奋战在第一线的医护人员致以崇高的敬意，因为你们的逆流而上，因为你们的奋不顾身，才有更多的人得以安全。那么在这里也希望更多的人能够听从党和国家的安排，在家里不要外出，戴口罩勤洗手，相信我们一定能众志成城，克服这次疫情，希望我们的祖国越来越好。

**戚薇**

抗击新型冠状病毒感染肺炎疫情，人人有责，特殊时期让我们首先从自己做起，戴口罩勤洗手，不聚会少出门，让我们万众一心，打赢这场疫情防控阻击战，也向一线的医务工作者们致敬，感谢你们。武汉加油，中国加油！

**王砚辉**

我现在我的家乡昆明，武汉的朋友们，全国人民都惦记着你们，云南人民惦记着你们，武汉加油！

**樊凯杰**

我相信面对这次疫情的白衣勇士一定可以拿起融化寒冬的勇气去融化最后一片残雪，生命重于泰山，我们一定会打赢这场阻击战。在这里感谢每一位白衣天使，感谢每一位后勤工作人员，感谢每一位为社会做贡献的普通人，谢谢你们点亮的灯照亮逆行英雄的路，加油中国！

**何泓姗**

在国家面对疫情的艰难时刻，我呼吁大家勤洗手戴口罩，减少外出的机会，我祈祷我们一起打赢这场疫情的攻坚战，也祈祷一线的医务人员和患者们都能平安。武汉加油，中国加油！

**袁弘**

我是湖北人，为家乡祈福，为中国加油，感谢所有奋战在一线的医务人员，感谢你们坚守岗位不离不弃，希望你们一定要为自己做好防护，为你点赞，望平安归来。

**吴彦姝**

感谢奋战在一线的医务工作者，希望你们在护佑大家的同时，也保护好自己，向无畏逆行的白衣天使致敬，加油！

**李现**

在此向所有身处防控疫情一线的医务人员、所有仍坚守岗位的各界人士致敬，请你们务必照顾好自己。作为一名湖北人，很荣幸可以尽自己微薄的力量参与《武汉，你好吗》这首歌曲的录制，希望能向身处疫区的家乡人民送去我的一份惦念与牵挂。相信一切都会好起来，让我们一起加油，共渡难关。春天来了，一切都会过去的，今日立春，祝大家健康平安！

**姜珮瑶**

病毒来袭，提醒大家尽量不要去人员密集的地方，出门要记得戴好口罩，回到家一定要消毒洗手，用实际行动保护自己，保护家人，同时也要在这里向奋战在疫情抗击一线的医务人员们致敬，你们一定要健健康康、平平安安的，你们辛苦了。武汉加油，中国加油！

**陈雨锶**

向所有奋斗在一线的工作人员们致敬，希望你们可以平安归来。戴口罩勤洗手，多通风不聚会，以实际行动保护自己，保护家人科学防治，防控疫情，我们在一起。

**胡兵**

在我们共同抗击疫情的关键时刻，不轻信，不传谣，不造谣，科学就医，希望大家一起加油打气，战胜疫情，共渡难关。感谢所有勇往前行在一线的工作人员！同舟共济，武汉加油，我们能行！

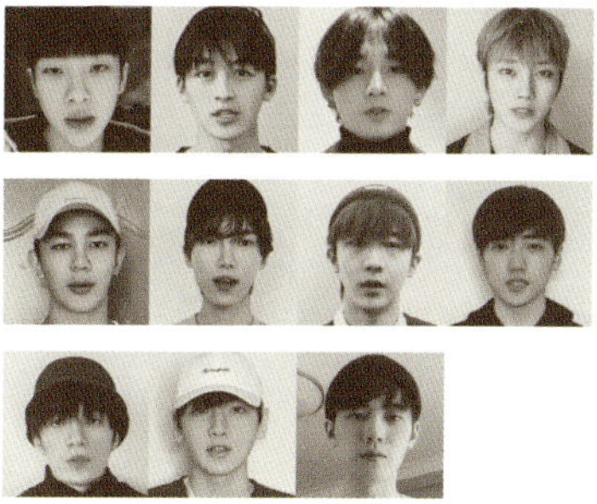

**R1SE**

在这个特殊的时期，感谢那些奋斗在一线的工作人员！我们呼吁大家戴口罩勤洗手，少出门不聚会。面对疫情我们不要恐慌，我们隔离病毒但不隔离爱，众志成城，一起打赢这场防疫之战。只要我们众志成城，一定能共渡难关；只要齐心协力，定能共克时艰，共渡难关。加油！

**刘芸**

向所有奋战在一线的医护人员致敬，请大家在保护他人的同时也一定要保护好自己，我们一起打赢这场疫情攻坚战，加油！

**彭昱畅**

我和大家一样每天都关注着疫情的最新动态，也看到了很多令人感动敬佩的故事，在这里我向所有一线的坚守者致敬！疫情让我们在家隔离，但是我们心在一起，爱在一起，我们有信心战胜疫情。请大家多保护好自己，做到勤洗手戴口罩，多通风不聚会少出门，相信一切都会好起来的。

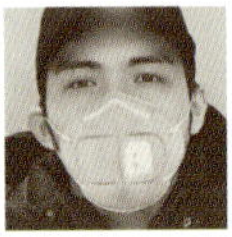

**张彬彬**

向正奋斗在控制疫情第一线的医务人员以及所有的医护人员致敬！减少外出活动，佩戴口罩，勤洗手多通风，不传谣不信谣，共抗疫情，共渡难关。

**邹市明**

抗击疫情，人人有责。出门佩戴口罩，避免传播感染；增强卫生意识，经常清洗双手；提高免疫力，适量运动，早睡早起。致敬逆行者，感谢有你，盼你平安。武汉加油！

**黄子韬**

万众一心，齐心战“疫”。向奋战在一线的医务人员们致敬！防控疫情，从你我做起，出门戴口罩，日常勤洗手，避免聚餐。让我们一起行动，中国加油！

**范·迪塞尔**

致中国的兄弟姐妹们，中国加油，我们始终在一起，为受疫情影响的人们祈祷，我的心与你们同在！

**勃小龙**

大家好我是法国演员勃小龙，最近一直在北京，我知道最近这几天可能大家过得不容易，但是不要绝望，早晚都会过去，我想对所有的医生护士以及帮助我们对付这个病毒的所有科学家们，表示衷心的感谢，你们是真正的英雄！武汉加油，中国加油！

**吕克·本扎**

大家好，我来自加蓬共和国，在中国生活有三十七年了，中国是我的第二个故乡。这段时间全国都在抗击疫情，政府和人民一同努力，我对战胜疫情充满了信心，我在这里尤其要向战线一线的医务工作者和科学家致敬！电影里的武林高手是锄强扶弱的英雄，现实中的你们是守护生命的英雄，让我们共渡难关，坚持就是胜利。

**洛安·沙巴诺尔**
我想把所有的爱和支持都献给中国，献给武汉人民，在中国抗击疫情的艰难时刻，我想将爱和温暖带给你们，坚持住。武汉加油，爱你们！

**文森特·马蒂尔**
大家好，在这里我要为武汉人民和中国人民加油鼓劲，面对严重的疫情，你们采取了积极有效的措施，我现在身在杭州已隔离十余天，所以我感同身受，让我们万众一心，一定能战胜疫情。中国正全力以赴，抗击疫情，我们一起行动。

**Myra Mala**
支持中国，支持武汉，请大家保持积极乐观的心态，一切都会好起来的。你们很坚强也很勇敢，全世界人民都在支持你们，相信自己。加油武汉，加油中国！

**阿米尔·汗**
我想为所有中国朋友送上温暖的问候，当我得知中国出现新型冠状病毒感染的肺炎，我非常担心，同时我也和中国的朋友保持联系。面对疫情我感到很痛心，我希望能向疫情中失去至亲的人们表示沉痛哀悼。我深知这对你们来说是段艰难的时期，我也坚信相关部门正全力采取行动来遏制疫情继续扩散，在这期间我们能做的就是照顾好自己，遵循指导。配合好他们，也就是帮助了我们自己，我在此衷心盼望中国一切能尽快回到正轨。危难关头我与你们同在，我的爱也与你们同在，大家保重，注意安全，身体健康！

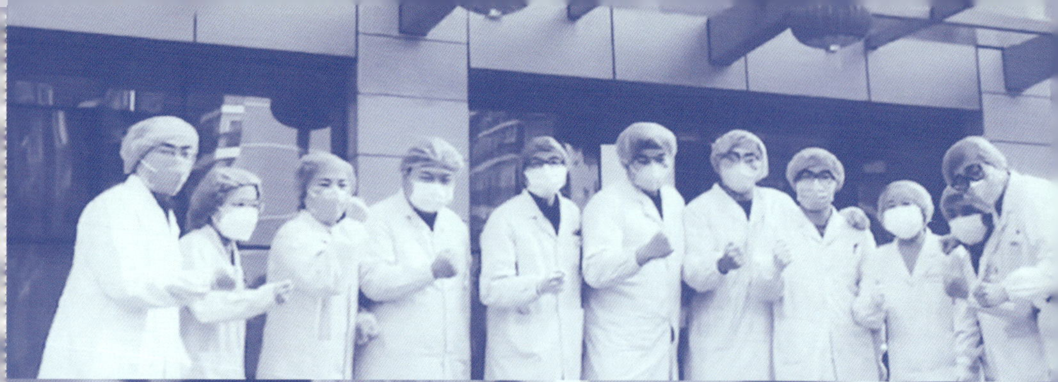

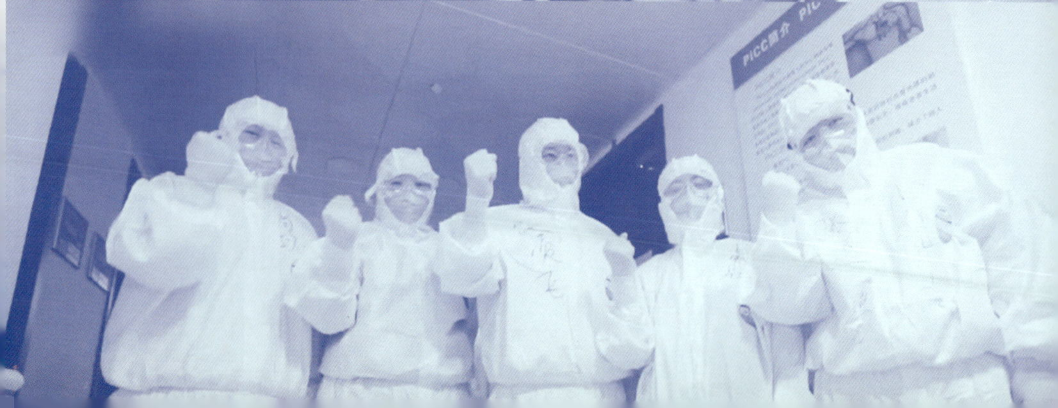
PICC简介

# 武汉，你好吗

词：王平久
曲：常石磊
演唱：朱一龙、李现、常石磊、豆豆

扫码，听音乐

分手的时候
你成了我的牵挂
回来的路很远
心情拖沓
一次次打开
行囊中为你作的画
亲爱的撩动我
情不自禁的泪花
你好吗？你在哪？
陪你走的那条路已断成天涯
你好吗？你在哪？
看不见听不见你的我
忐忑牵挂
默默无言
是心里藏了太多话
转过去的脸庞
掩盖心伤
一次次冲动
多想把自己留下
和你一起爱漫山遍野的花
你好吗？你在哪？
昨夜我在梦中还牵你的手回家
你好吗？你在哪？
难道我们的故事只剩这幅画
你好吗？你在哪？
看不见听不见你的我
盼春雨泪下

# 后记：
# 《两地书》献礼最美的你

隔离病毒，但绝不隔离爱。对于所有身处疫区、奋战于抗疫一线的英雄，肩负强烈社会责任感的中国电影人满怀感恩。

作为电影频道人，我们不仅有泪水，还有力量。无论是抗疫公益歌曲《武汉，你好吗》、线上活动《万众一心，打赢疫情防控阻击战》、特别节目《两地书》《最美的平凡》《战疫故事》，还是系列公益片《风雨无阻向前进》，捐赠六十部正能量优秀国产影片给湖北的善举，都在说明，电影人和电影频道全体员工一直同抗疫一线的大家在一起。

还记得歌曲《武汉，你好吗》中那句“和你一起爱漫山遍野的花”，我们一遍遍地回想、一次次期待、一天天惦念，真的想摘下口罩，和你畅快地闻樱花树下春天的芳香。还好，离我们重逢的那天，不远了。

武汉，你好吗？你听到我们的牵挂了吗？武汉，加油！你感受到我们的热望了吗？这些天，我们寄出的一封封“两地书”，你收到了吗？20 期《两地书》节目，承载着 20 位致信电影人的深情话语，还有那来自 289 位电影人对你的祝福与鼓劲，你又看到了吗？它们记录着一张张平凡却伟大的英雄面孔，那些最美的你、我、他。

相信你不会忘记，那一张张脸上刀砍斧削般的勒痕，那一层层防护面罩背后闪烁的双眼，那一串串辛劳奔走留下的脚印，那一份份来自全国全世界的真诚爱心，当然，还有那一个个已经永远离开我们的笑脸。

在制作《两地书》节目过程中，《今日影评》各个岗位的小伙伴们不畏辛劳、收获满满，可我们仍存有“遗憾”，因为这短短几分钟、寥寥千字，又怎能说得尽我们心里无尽的话！

截至2月28日，由《两地书》节目发起的“武汉我想对你说”话题，微博阅读量已突破2.3亿。一条条来自全国各地网友的动人回复及声声鼓励，相信武汉人民、湖北人民都感知得到。

“我们刚刚共同度过了一个难忘的冬天。而如今气温回暖，每天新增确诊数不断降低，新增治愈数在不断增加，我们迎来了一个新生的春天。”在《两地书》节目最后，电影频道众多员工都纷纷表达了希望尽自己一份力的小小愿望。他们想说的很多，想写下的也很多，不能一一呈现，只能用每个人的名字来代替。

他们亲手签下的一个个名字，饱含泪水，也满是希望。春天即将来临，电影频道也将永远和大家并肩在一起。

愿疫情早日结束，愿我们早日在春天相见！

2020年春

设计者：黄海——仰望，你的名字在天空。

设计者：黄海——万里长空且为“忠魂舞”

设计者：张蕊——“我们在一起”2020抗击“新型冠状病毒”全球招贴设计公益征集活动

# 关于表彰全国卫生健康系统新冠肺炎疫情防控工作先进集体和先进个人的决定

国卫人发〔2020〕4号

各省、自治区、直辖市及新疆生产建设兵团卫生健康委、人力资源社会保障厅（局）、中医药管理局：

新冠肺炎疫情发生以来，全国卫生健康系统广大干部职工坚决贯彻习近平总书记重要指示批示精神和党中央决策部署，以维护人民群众生命安全和身体健康为最高使命，发扬越是艰险越向前的大无畏精神，临危不惧，义无反顾冲在疫情防控第一线，争分夺秒抢救患者，与病魔进行殊死较量，展开了一场气壮山河的生命大救援，创造了一个个医学奇迹，涌现出一大批感人肺腑、催人奋进的先进集体和个人。他们当中有的不顾自身病痛，克服家庭困难，放下一切奔赴湖北；有的深入社区，扎实开展流行病学调查和卫生防疫，做好源头管理；有的奋不顾身，夜以继日抢救病患，始终坚守临床第一线；有的勤于思考，不断改进诊疗规范与标准，科学施治提高治愈率；有的技艺精湛，巡回开展感染危险性高的气管插管等操作；有的视患者如亲人，细致入微照护患者和疑似感染者，给予心理疏导；有的刻苦钻研，加快研究药物、疫苗和创新疗法等。广大医务人员以实际行动为人民群众构筑起生命防线，生动诠释了“敬佑生命、救死扶伤、甘于奉献、大爱无疆”的崇高精神，充分展现了新时代卫生健康工作者的精神风貌、职业操守、意志品质和应急能力。

经各方面艰苦努力，疫情防控形势出现积极变化，向好态势不断拓展。为鼓舞士气，表彰先进，弘扬正气，激励广大卫生健康工作者投入这场严峻的斗争，国家卫生健康委、人力资源社会保障部、国家中医药管理局决定授予北京大学第一医院重症救治医疗队等 113 个集体“全国卫生健康系统新冠肺炎疫情防控工作先进集体”称号，授予丁新民等 472 位同志“全国卫生健康系统新冠肺炎疫情防控工作先进个人”称号，追授徐辉等 34 位同志“全国卫生健康系统新冠肺炎疫情防控工作先进个人”称号，获奖个人享受省部级表彰奖励获得者待遇。希望受表彰的集体和个人珍惜荣誉，再接再厉，再立新功。

当前，疫情防控正处于关键时期。各级卫生健康部门和广大卫生健康工作者要进一步牢固树立“四个意识”、坚定“四个自信”、做到“两个维护”，坚决服从党中央统一指挥、统一部署，以受表彰的集体和个人为榜样，见贤思齐，勇挑重任，不忘初心，牢记使命，紧紧扭住城乡社区防控和患者救治两个关键，继续做好守护人民健康的忠诚卫士，扎实细致开展工作。

各地要切实落实中央应对新冠肺炎疫情工作领导小组《关于全面落实进一步保护关心爱护医务人员若干措施的通知》精神，把党中央的关怀和温暖传递给每一位奋战在一线的卫生健康工作者，激励他们始终保持强大的战斗力、昂扬的斗志和旺盛的精力，坚决打赢疫情防控的人民战争、总体战、阻击战！

国家卫生健康委

人力资源社会保障部

国家中医药管理局

2020 年 3 月 4 日

两地书

图片作者：@AIFI矮肥才华有限，@麦点盛世刘辉
活动来源："我们在一起"2020抗击"新型冠状病毒"全球招贴设计公益征集活动

# 媒体热议

人民日报

人民日报 有品质的新闻

**因为有你们，战“疫”一定赢**

——影视人致信为抗疫奉献的普通人

人民日报 2020-02-27 00:00

素材支持：电影频道打赢疫情防控阻击战特别节目《两地书》

新华网

**《两地书》开播 郭晓东含泪致信火神山筑梦者**

2020-02-04 11:09:16 来源：新华网

北京日报

北京日报 思想·温度·品质

泪目！电影人书信致敬武汉战疫急先锋，《两地书》温暖上线

北京日报客户端 | 记者 王金跃
2020-02-05 09:02

北京晚报

北京晚报 （14文娱新闻） 2020年02月05日

电影频道《两地书》温暖上线

“你在哪里？你好吗？看不见、听不见你的我，忐忑、牵挂；一次次冲动，多想把自己留下和你在一起，采满山遍野的花……”《两地书》节目的片头画外音，是生长于武...

广电时评

与疫情赛跑的时间里，电影频道用“温情”点亮星空

广电时评 2月7日

线上爱心接力、录制公益歌曲、书写“两地书”……集结电影人的力量推出丰富内容，电影频道为打赢疫情防控阻击战加注精神动能。

中国电影报

中国电影人积极参与抗击疫情行动，为打赢疫情防控阻击战提供有力舆论支持

中国电影报 2月4日

长江日报

**陆川导演向长江日报记者寄出《两地书》：“等到疫情结束，为您接风洗尘”**

长江日报
发布时间：02-10 19:54 长江日报官方帐号

武汉广播电视台

**两地书｜“好好照顾自己，让您没有后顾之忧，应该就是对您最大的慰藉吧。”**

武汉广播电视台
发布时间：02-22 15:24 武汉电视广播传媒有限公司官方帐号

《两地书》

主创团队

---

出 品 人：曹　寅

总 监 制：陆红实　张　玲

监　　制：王平久　李　玮　孙一娜

总 策 划：王平久

制 片 人：王　程　崔　菲

主　　编：崔　菲　陈一愚　武姝杭　陈李溪　解丹妮

编　　导：刘孟欣　李　萌　李侨纬　马鸿宇　郭　嘉　路晨宇

王玮洁　张晓丽　腾格尔　吴之荧　廖丹琦　徐锦秋

统　　筹：梁晓凡　韩　雪

外　　联：崔　菲　贺　宇　林　琳　田　杨　汪洋佳　王　晶

孙美利　任　博　李一娜

责　　编：路晨宇

制　　片：王　坤　康　蕾

后期统筹：谢添意　母春起

剪　　辑：常崇国　张　宇　冯麒光　杨　超

包　　装：徐　敏　张梦迪　袁　梦　王　宇

设　　计：王秀丽

媒介推广：安仁翊　林　琳　康　宏　黄钧妍　田　杨

* 排名不分先后

Books
北岳好书
有度
YOUDU CULTURE
有度文化

两地书

出 品 人 | 续小强　　选题策划 | 刘文飞　　责任编辑 | 刘文飞
复　　审 | 贾晋仁　　终　　审 | 古卫红　　印装监制 | 郭　勇
设　　计 | 王利锋　　数字化编辑制作 | 曹雨一
项目运营 | 有度文化 · 刘文飞工作室
投稿邮箱 | liuwenfei0223@163.com　　微信公众号 | bywycbs1984
微　　博 | http://weibo.com/liuwenfei0223